Art by 笠井あゆみ

Art by スオウ

Art by 鈴ノ助

アイアール
大罪の器を探す魔道師。
いつも赤い猫を連れている。
ミクリア＝グリオニオ
アスモディン地方アビト村
に暮らす農民。
ルカーナ＝オクト
アスモディン地方ミスティ
カの町に住む仕立て屋。

サテリアジス＝
ヴェノマニア
ベルゼニア帝国アス
モディン地方を治め
る公爵。
グミナ＝グラスレッド
グラスレッド侯爵の一人娘
で、サテリアジスの婚約者。
Art by 壱加

エルルカ＝
クロックワーカー
エヴィリオス各地で人助
けを行っているさすらい
の魔道師。
メイリス＝ベルゼニア
ベルゼニア帝国第三皇女。
好奇心が強いじゃじゃ馬姫。
カーチェス＝クリム
マーロン国の伯爵。国のため
に尽くす忠義の厚い青年。
Art by 憂

悪ノ大罪

ヴェノマニア公の狂気

STORY

悪ノP（mothy）

ILLUSTRATION

鈴ノ助
笠井あゆみ
スオウ
壱加
憂
Kyata

悪ノ大罪
The Lunacy Of Duke Venomania

復刊ドットコム

Contents

序章

世界を楽しくするためには、悪役が必要だ。

創造主がそう決めたから、アイアールはこの世に誕生した。

彼女は生まれ持っての「悪意」の持ち主だった。そして、その「悪意」を世界中に広めるという使命を、遺伝子に植え込まれた存在でもあった。

アイアールのような人間は、遺伝性悪意栽培者《いでんせいあくいさいばいしゃ》（hereditary evil raiser）――通称「her」と呼ばれた。

「her」は普通の人間からは、ごくごく稀にしか生み出されない。妊娠した女性のお腹にいる胎児《たいじ》が「her」の素質を持っている確率が六万五千五百三十五分の一。さらにその子供が無事に生まれる可能性は九千九百九十九分の一。その時々の世界人類の中に一人か二人、存在すれば良い方である。

これは普通の親から生まれる「her」の確率であり、両親のどちらかが「her」である場合は、その子供も高確率で「her」になるため、実際にはもう少し多い計算になる。

アイアールが生まれた時、彼女の故郷では異変が起きていた。この希少な「her」が、本来ならあり得ないほどに増加していたのである。アイアールもまた、その中の一人であった。

増えすぎた「her」は国に害をなし、やがては世界を滅ぼすことになる――そう、時の権力者たちは考えていた。実際に、「her」の中には殺人、暴動、破壊、人体実験など、非人道的な行為に及ぶ者が多く、社会に深刻な影響を及ぼしはじめていた。

だから権力者たちは「her」を駆逐《くちく》する計画を立て、実行に移そうとした。その計画自体は上手くはいかなかったが、結果的に「her」のほとんどは、世界からいなくなった。

――アイアールの故郷、レヴィアンタの崩壊と引き換えに。

もう、今から百年以上も前の話だ。


「アイアール」というのは実の所、偽名であり、仮の名前に過ぎない。

彼女がまだ人間だった頃の名前は、故郷、そして自身の身体《からだ》と共に、吹き飛んでしまった。

アイアールは今や、化け猫と化していた。

正確には「赤い猫のぬいぐるみの身体を持った化け物」である。

同じく「her」であった狂った科学者によって、このような身体にされてしまった。優秀な魔道師であった彼女は、その力の大部分を失い、代わりに不老不死の身体を得た。

それがアイアールにとって良かったのか悪かったのか、それは彼女自身にもわからない。

ともあれ、今では「her」唯一の生き残りとなったアイアールは、恒久的《こうきゅう》に「悪意」をばらまく存在として、世界をさまようこととなった。


アイアールは今、大きな屋敷の前に立っていた。

白髪の少女の姿でローブを纏《まと》い、肩には本体の赤猫を乗せている。

アイアールに残された数少ない力の一つに、「他人の身体を乗っ取り、自分の身体として操る能力」があった。人に乗り移っている時のみ、その身体の潜在魔力の高さに応じてある程度の魔術を行使することができるのだ。

彼女は今「ハル＝ネツマ」という名の、白髪の少女の身体を借りていた。ハルは中々に高い潜在魔力の持ち主であったため、アイアールはこの身体をそれなりに気に入っていた。

ハルの身体を使って、多くの悪事を犯した。いくつかの村を炎の海に沈め、いくつかの町に疫病を流行《はや》らせた。それらは彼女の目標と比べれば、取るに足らない小さな厄禍《やくか》でしかなかったが、アイアールにとっては多少の「退屈しのぎ」にはなった。

（だけれど、暇つぶしはここまで）

アイアールは、ローブの中に隠した一振りの剣に触れた。

これはハルの郷里の村で見つけたもので、「剣」ではなく「刀」と言った方が正しいのだろう。鞘《さや》には独特の文字が刻まれていて、それは東方にある「蛇国《じゃこく》」という国で使われている文字だった。

しかし、この刀が蛇国製ではないことを、アイアールは知っていた。

アイアールを赤猫に変えた科学者は、他にも、「悪意の種」を造りだしていた。

その成果の一つが、この刀なのだ。

「大罪の器」と名付けられたこの刀には、悪魔が宿っているという。「大罪の器」は、アイアールがずっと求めていたものだった。

これは、普通の人間を彼女と同じ「her」に変異させることができる道具だったからだ。

レヴィアンタが滅んで以来、新たな「her」は誕生していない。現在、この世に存在する「her」はアイアールただ一人だけだった。「her」を増やすもっとも手っ取り早い方法は、「her」が子を成すことだ。だが、ぬいぐるみの身体であるアイアールに、子供など産めるはずもなかった。

彼女一人だけでは撒《ま》ける「悪意」にも限界がある。なにより「her」がこの世に自分一人、というのは何ともさびしいではないか。

だからこの刀を手に入れた時、アイアールは思い立ったのだ。

「自分の仲間を増やしてみよう」と。

アイアールは、再度目の前の館を仰ぎ見た。

ここはこの地方の領主の館だった。すでに主《あるじ》とは会う約束を取り付けている。

「大罪の器」の契約者にはなるべく社会的影響力の強い権力者が好ましい、そう彼女は考えていた。その方がこの世により混乱を呼ぶことができるからだ。一介の農民を「her」にしたところで、撒き散らせる「悪意」などたかが知れている。それは彼女がこの数十年間で実感していたことでもあった。

扉に備え付けられている呼び鈴を鳴らした。すぐにでも家人が出迎えに来るものと思っていたが、いくら待っても、何の反応もない。

(留守か？　いや、まさか……な)

アスモディン地方の領主たる、イーロット＝ヴェノマニア公爵ならば、多くの使用人を抱えているはずだ。その屋敷が無人などということは、あるはずもない。

しかし、いつまで経っても迎えが出てくる様子はなく、アイアールはしびれを切らして扉に手を掛けた。扉には鍵がかかっていたが、アイアールが指を一鳴らしすると、いとも簡単に鍵は外れ、扉は開かれた。鍵開けなどのような初級魔術ならば、今のアイアールでもたやすく使えるのだ。

百年前ならば大概《たいがい》の家の鍵には魔術対策が為されていたものだったが、魔道師が少なくなった今では、そんな技術も廃れてしまっていた。

「おやおや……これは」

屋敷に入り込んだアイアールは、思わず顔を綻《ほころ》ばせた。

人の山だ。いや、正確には、人だったものの山だ。

家人たちが皆、殺されていた。屋敷内を漂う血の臭《にお》いは、彼女にとっては嗅《か》ぎ慣れたものだったが、他人の手による大量殺人の跡を目撃するのは久しぶりだったので、アイアールはいささか、興奮した。

ローブが汚れるのも構わず、アイアールは死体のそばにしゃがみ込んで観察を始めた。傷跡から見るに、死体は皆、鋭利な刃物で切り付けられたり、突き刺されているようだった。

殺されている人数から見て、複数犯による犯行――普通ならばそう考えるだろう。だがアイアールは、これは一人の人間によるものだと直感した。

傷口の幅がすべて均一で、全員が同じ刃物で殺されていると推測できたこともある。しかし何よりも、数多くの死を見てきたアイアールが持ち合わせている「勘」によるものが何よりも大きかった。

たった一人でこれほどの殺人を成し遂げたとすれば、その犯人はよほどの身体能力を有しているか、あるいは――。

(能力すら超越するほどの『憎悪』を心に抱えていたか……そのどちらかであろう)

端正な少女の顔をにやりと歪めて、アイアールは歩を進める。犯人はすぐに見つかった。

玄関ホールから左の扉を開け、その先にあった食堂。暖炉の前で、血まみれの短剣を自分の胸に突き立てようとしている男がいた。

剣を持つ両腕が、小刻みに震えていた。

(罪の意識にさいなまれ、自らの命を断とうとしている――といったところか)

それを推測できていながら、あえてアイアールは男に尋《たず》ねた。

「何故《なぜ》、死のうとしている?」

男はその声に驚いたのか、肩をわずかに弾ませた後、見開いた目でアイアールの方を睨《にら》んできた。

荒い呼吸に合わせ、剣の切っ先がぶるぶると揺れている。

その男の顔を視認した瞬間、アイアールには彼が凶行に及んだ理由が、なんとなく判断できてしまった。

彼は周りから、蔑《さげす》まれ続けてきたのだろう。

そして、おそらくはその復讐《ふくしゅう》のため——彼は自らの世界を破壊したのだ。

「憎かったか？　周りのすべてが」

アイアールの再度の問い。男は先ほどよりは幾分か落ち着き始めたようだったが、短剣を持つ手はいまだ掲げたままだった。

アイアールから目を逸《そ》らさず、ずっと見つめたままの状態で、男は呟《つぶや》いた。

「僕は何も手に入れられなかった。これまでも、そしておそらくは、これからも」

「お前は何が欲しかったのだ？」

「……愛だ。誰かに僕を、愛してもらいたかった」

「人を殺すことで、その願いは叶《かな》ったか？」

「叶わなかったさ。むしろさらに失った。僕が愚かだったんだ」

「……」

「だからもういい。死んですべてを終わらすんだ。元々僕は、存在しない人間だったんだから」

男はそう言いながら、涙を流し始めた。

その様子を見て、アイアールは自分が初めて人を殺した時のことを思い出した。

相手は兄の婚約者だった。適当で、破天荒《はてんこう》で、優秀な魔道師で、——優しい人だった。

あの時、自分は目の前の彼のように、悲しくて泣き叫んだものだ。まだ自らを「普通の人間」だと勘違いしていた頃の、恥ずかしい過去。

今ではもう、人を殺したって笑顔しか浮かばないというのに。

「……欲しいならば、何故手に入れようとしない？　何故、死んで終わらそうとする？」

アイアールがそう言うと、男は泣き続けながらも、唇の端に皮肉めいた歪《ゆが》みを見せた。

「それができれば、こんなことにはなっていない」

「私ならばお前の願い、叶えてやれるかもしれんぞ」

「……何⁉」

男は、両手の位置をわずかに下げた。

「『愛』が欲しいか……フフ、ちょうどいい。お前にうってつけのものが、今、ここにある」

アイアールは「大罪の器」を取りだし、男の前に差し出した。

「その短剣の代わりに、この刀で自分の胸を突き刺せ。そうすれば、望むものが手に入るぞ」

「……どういうことだ？」

訝《いぶか》しげに尋ねてくる男の眼に、一抹《いちまつ》の興味が浮かんだ。刀で胸を貫け、という言葉に戸惑ってはいるようだが、それ以上に『愛』への渇望が強いのだろう。

「簡単に言えば、私は魔道師で、お前に禁断の悪魔との契約を勧めている、といったところか」

「悪魔……だと!?」

男の顔が、わかりやすく引き攣《つ》る。

「怖いか？　悪魔と聞いて」

「いや……怖くなどあるものか。むしろ親しみすら感じるよ」

「ほう……？」

「僕もずっと『悪魔』と呼ばれてきたからな」

男は掲げていた短剣をとうとう投げ捨て、アイアールから刀を受け取った。

「お前が本物の魔道師かどうかは知らないが……もしただの詐欺師だったとしても、自害の得物《えもの》が変わるだけの――」

言葉の途中で、男は不意に押し黙った。

――委《ゆだ》ねよ

「……なんだ？　他にも誰かいるのか⁉」

男が落ち着きなく周りを見回すのを、アイアールは楽しそうに眺めていた。

「声が聞こえたか？」

「ああ、『委ねよ』とかなんとか……」

委ねよ
すべてを我に委ねよ

「……ああ、まただ。なんだ？　この声は」

「フフ、その声は、お前にとって耳障《みみざわ》りなものか？」

「……いや。むしろ、心地良くすらある」

「ならばお前には資格があるということだ。それは悪魔の声なのだからな」

男は鞘から刀を抜き、それを目の前に掲げた。

「……悪魔の声か。どうやら、本物のようだな」

紫色の刀身に暖炉の火の光が反射して、鈍く輝いた。

アイアールは男の横で、黙ったまま笑みを浮かべている。

「いいさ。この際、どこまでも堕《お》ちてやる。それで――」

男は刀を逆さに持ったまま、頭上まで振り上げた。

「――グミナ、君が手に入るというなら――」

そして、自らの胸にその刀を突き刺した。

そうだ
それで良い

男の胸から、赤い鮮血が飛び散り、床に落ちた。

契約の証《あかし》
お前の欲望に満ちた血液は
確かにいただいた

血液が次々と滴り落ちていく。

やがてそれは、赤から紫色へと変化していった。

――さあ　踊ろうか

第一章　ルカーナ＝オクト

The Lunacy Of Duke Venomania

1

裾《すそ》のほつれた服を纏い、濁《にご》った瞳で町をさまよっている。

足取りはおぼつかなく、吹けば飛んで行ってしまいそうなほどの弱々しさだ。

その、みすぼらしい格好《かっこう》の男が側《そば》を通ると、人々は皆気まずそうに眉《まゆ》をひそめる。

今日は一年の初め、新年祭の日だった。誰もがいつもより余所《よそ》行きの小綺麗な格好をし、晴れ晴れとした笑顔で挨拶《あいさつ》を交わしている。だからこそ、その男のうらぶれた姿はよりいっそう異様に映り、彼の周りの空気だけ、くすんだ色を帯びているようにすら見えた。

だが、誰もが遠巻きに彼を見るだけで、非難したり、賑《にぎ》わっているラサランドの大通りから追い立てようとする者はいなかった。そんなことができる者はいなかった。

彼がこのアスモディン地方の領主、サテリアジス＝ヴェノマニア公爵であることを、みんな知っていたからである。

(やはり、気が触れてしまわれたのだ)

(あのような事件があったのでは、仕方ないのかもしれない)

(お可哀想《かわいそう》に……)

そんな町人たちの囁《ささや》き声が聞こえているのかいないのか、サテリアジスは通りの中央を、相変わらずのひ弱な足取りで歩き続けた。どこへ向かおうとしているのか、それは誰にもわからない。彼自身にもわかっていないのかもしれない。

やがて……彼の身体は静かに前のめりになり、石道路の上にうつぶせに倒れた。

「キャ」という小さな悲鳴が、どこかから聞こえた。だが、誰も彼の元に駆け寄り、助け起こそうとはしない。異常な状況であることは明らかだったが、それにすぐ対応できる要領の良さを、その時、近くにいた町人たちのほとんどが持ち合わせていなかったのだ。

——ただ一人を除いては。

「大丈夫ですか⁉」

倒れているサテリアジスを囲む人込みから、一人の女性が飛び出し、彼の元に駆け寄ったのだ。サテリアジスの背中に手を当てると、次に彼の身体を仰向けに返し、その身を抱え起こそうとした。

その段になってようやく周りの人間も行動を始めた。男たちの何人かが彼女を手伝い、サテリアジスの身体を一緒に起こし、持ち上げた。

「とりあえず、そこに運びましょう。知り合いの店なの」

女性がそう言って指さしたのは、その場から一番近い建物で、そこは服屋であった。

言われるがまま、男たちはサテリアジスをその建物の中へ担ぎ込んでいった。

2

ルカーナ＝オクトは、アスモディン地方の南部にあるミスティカの町で仕立屋を営む、二十歳の女性だ。

ミスティカはこのラサランドとは比べようもないほどの田舎町で、良く言えば素朴でのんびりした、悪く言えば洗練されていない粗野な土地柄のある町だ。

そんな場所であったから、ルカーナが持ち合わせている気品とあでやかさは、彼女がまだ幼い頃から人々の目を引いたものだった。

ルカーナは特別高貴な家柄の人間などではない。それにもかかわらず、彼女が下民らしからぬ風格を持っているのは何故か。ミスティカの噂《うわさ》好きな夫人たちが、そんな話で盛り上がったことがあった。結論として、彼女の母方の祖先に「レヴィアンタ人」がいるのがその理由ではないか、ということになった。

魔道王国レヴィアンタ――かつてそんな名前の国が、アスモディンの北に存在していたという。そこにはその名の通り、多くの「魔道師」と呼ばれる存在がおり、いずれもが不思議な力と妖艶《ようえん》な美しさを持っていたらしい。レヴィアンタは百年以上前に滅び、今では「魔道師」も数えるほどしかいなくなってしまった。そしてその「魔道師」を名乗る者のほとんどが、実際にはただの詐欺師であるというのが、もっぱらの評判だ。

ルカーナの祖先も、もしかしたら「魔道師」だったのかもしれない。それならば彼女の持つ、凡俗らしからぬ雰囲気も不思議ではないのではないか――。

それを裏付けるような出来事もあった。ルカーナが十歳の時、彼女は泣きながら母親に「町から水がなくなる」と告げた。そんな夢を見たのだと。

ミスティカ周辺は元々降水量の少ない土地であり、水不足に悩まされることも少なくなかった。だから母親はルカーナの言うことに取り合わなかった。幼い頃に飲める水が少なくて辛い思いをした経験から、そんな悪い夢を見たのだろう、と。

するとルカーナは、今度は町中の人たちに自分の見た夢について触れ回ったのだ。だが彼女の母親と同様、町人たちも子供の世迷言《よまいごと》など信じなかった。

ルカーナの話をちゃんと聞いてくれたのは、たった一人の女性だけだった。彼女は黒いローブを羽織った金髪の女性で、ミスティカに住む貴族・フェルディナンド侯爵を訪ねてきていた客人だった。

ローブの女性はルカーナの話を最後まで聞いた後、ミスティカを去ってどこかに行ってしまった。

そのあと、ミスティカはこれまでにないほどの干ばつに見舞われた。

雨は何カ月も降らず、日は照り続け、大地はひび割れた。

町人たちがルカーナの「予知夢」を信じた時には、すべてが遅すぎたのである。

喉は乾き、作物は実らない……人々が死を覚悟したその時、あの黒いローブの女性が再び、ミスティカの町に現れた。

彼女はミスティカの近くの山に登り、そこにある遺跡に足を運ぶと、どこかから持ってきた「八本足の奇怪な生き物」を生贄《いけにえ》にして天に雨乞《あまご》いをした。

それを合図にしたかのように、ミスティカに久方ぶりの雨が降り始めたのだ。

雨は三日三晩降り注ぎ、この雨によってミスティカの干ばつは解消されることとなった。ただ、ローブの女性が雨乞いをした山はその後、絶えず深い霧に包まれることとなり、「霧の山脈」と呼ばれるようになった。

干ばつを予言した少女・ルカーナと、雨を降らせた「魔道師」については、一時期、アスモディン中の話題になった。だが、その後ルカーナが「予知夢」を見ることはなく、魔道師もすぐに国を去ってしまったため、やがて人々の間で、この話が語られることは少なくなっていったのである。

3

自分が「予知夢」を自在に見ることができたならば、「あの事件」を未然に防ぐこともできたのだろうか？

ベッドで眠る男性を眺めながら、ルカーナは十年前の出来事を何となく思い返していた。

予知夢を見たのは、後にも先にもあれ一回きりだった。それだって、どうして見ることができたのか、ルカーナ自身にもわからないのだ。

町を救ってくれたあの魔道師なら、何か知っているだろうか。どうしてあの時、ルカーナが予知夢を見たのか、そして、どうすれば再び、予知夢を見ることができるのか。

あの魔道師は中々の有名人だったようで、時折、噂話でその名を耳にすることがある。どこどこの国の貴族の病気を治したとか、ミスティカの町と同じように、飢饉《ききん》に苦しむ町を救ったとか。

しかし、ルカーナと魔道師が実際に会うことは、あれ以来なかった。

窓から外を見る。そろそろ日が暮れそうだが、新年祭は相変わらず賑わっているようだ。むしろ、夜になってからが本番なのかもしれない。祭りというのはどこで行われたとしても、大体そんなものだろう。

今いるこの服屋を経営しているのは、ルカーナの伯父に当たる人物だ。彼女が仕立てた服のいくつかは、ミスティカから離れたラサランドにあるこの店でも売られている。どうやらそれなりに客に好評なようで、需要の増える新年祭に合わせての大きな発注を受けた。そのため今回こうして、ルカーナ自らが商品の納品のために、アスモディン北部の中央都市・ラサランドまでやってきたのだ。

仕事は無事一段落したのだが、せっかくだからラサランドの新年祭を楽しみ、数日後にミスティカに帰る予定だった。

賑やかな新年祭は、ミスティカでは体験したことのないような、刺激的なものだった。ルカーナはその活気を満喫すると同時に、どうせならミスティカにいる友人たちも連れて来れば、もっと楽しかったかも、などと考えたりしていた。

領主・サテリアジス＝ヴェノマニア公が往来のど真ん中で倒れているのを見たのは、そんな矢先のことだった。

ラサランドにはこれまでにも何度か来たことがあったので、彼の顔ぐらいは見かけたことがあった。先代の領主、イーロットが生きていた頃の話で、一人息子である彼はまだ儀礼称号として伯爵位を有しているだけの気楽な身分だったこともあって、自由気ままに町中を闊歩《かっぽ》していたようだ。

紫色の長髪を後ろで結び、切れ長の目は女性と見間違うほど端正だった。明るい笑顔で町の人に気さくに話しかける様子は、まさに有望な次期領主、といった威風堂々としたものだった。

しかし今のサテリアジスには、そんな様子は見る影もなかった。着ている服は、決して粗末なものではない。ルカーナが触ったこともないような、良い生地を使っていることは、ぱっと見る限りでも明らかだった。だがいくら良い服でも、手入れをしっかり行わなければ、くたびれてしまう。

こんな服では、せっかくの色男が台無しだ――。

ルカーナが仕立屋ゆえの視点で残念がっていたところ、サテリアジスの左手がわずかに、ピクリと動いた。そして、静かに目を開け、首を傾けてルカーナの方を見た。

「お気分はいかがですか？　ヴェノマニア公」

ルカーナがそう声をかけると、サテリアジスは焦点の定まらない目で、ただルカーナの顔を眺め続け、やがてこう呟いた。

「ヴェノマニア……公？　僕……が？」

「そうですよ。あなたはサテリアジス＝ヴェノマニア公爵。このアスモディン地方の領主です。大丈夫ですか？　意識はしっかりしてますか？」

「……そうだったな。僕はサテリアジス。そう、そうなんだ」

サテリアジスは確認するようにそう言うと、ゆっくりと上半身を起こした。

「ここ……は？」

「ラサランドの町の服屋《オクト》です。公爵様は通りで倒れておられたんですよ」

「そうか……手間をかけたね、すまない」

「お気分はどうですか？」

ルカーナが再び尋ねると、それに答えるように、サテリアジスの腹が小さく鳴った。

「大丈夫だが……少々、腹が減っている……かな」

「すぐにお食事を用意しますね」

その様子に安堵しながら、ルカーナは部屋を出た。厨房であらかじめ作ってあった料理を皿に移し、再び部屋に戻る。

「お口に合うかわかりませんが――」

「いただくよ」

ルカーナが皿をテーブルに置くか置かないかのところで、サテリアジスは皿の上のパンを掴《つか》んで、一気に口に入れた。頬を膨らませて咀嚼《そしゃく》する姿はまるで子供のようだ。

「うん……美味《うま》いな」

「ババガンヌーシュとパプリカを挟んだパンです。本来なら公爵様にお出しするようなものではない、庶民の食事ですけど――」

「いや、おいしいよ、うん」

サテリアジスは出された料理を褒《ほ》めながら、あっという間に平らげてしまった。それから、少し申し訳なさそうに一言。

「すまないけど……おかわりはあるかな?」

「フフ、よほどお腹がすいてらしたんですね」

ルカーナがもう一度厨房《ちゅうぼう》からババガンヌーシュのパンを運んでくると、サテリアジスはそれも夢中ですぐに食べ終えた。食事と共に出した茶も飲み干し、ルカーナに向き直る。

「ふう……ごちそうさま。ありがとう、落ち着いたよ」

そうお礼を言って頭を下げたサテリアジスの顔つきは、先ほどとは打って変わって理知的な雰囲気になっていた。

「失礼になるかもしれませんが……お尋ねしてもよろしいですか？」

ルカーナは恐る恐る、切り出してみた。余計なことかもしれないが、やはり気になったのだ。

「別にかまわないよ。なんでも聞いてくれ」

「どうして、このような姿で町を歩いておられたんですか？　食事もだいぶ、取られてなかったようですし……」

「ああ……やっぱり、おかしいよね。公爵がこんな感じじゃあ……」

「私、この町の住民ではないので、詳しい事情などはよく知らないのですが――」

「そうなんだ。普段はどこに住んでいるの？」

「ミスティカです。今は仕事で、ラサランドに来ています」

「へえ。仕事は何を？」

「仕立屋をやっています」

「いいね。きっといい仕事をするんだろうな。なんとなくわかるよ」

「フフフ、ありがとうございます……それでですね」

ずれてしまった話の軌道を修正する合図であるかのように、ルカーナは一回咳払《せきばら》いをした。

「町の人たちは言っていました。『公爵様はおかしくなってしまった』って……もちろん、私はそんな話、信じていませんけれど。特に今は」

こうして話している限り、サテリアジスの気が触れたなどとは、とても思えなかった。彼は至ってまともで、むしろ紳士的なくらいだ。ルカーナがそう述べると、サテリアジスは視線を落として自分の格好を見たあと、小さく後ろに身を反らせた。

「まあ、この格好ではそう思われても、仕方ないのかもな。あの事件のこともあるし」

「……」

「父上、母上、他の皆……全員、死んでしまった」

「……犯人はまだ、捕まっていないと聞いています」

「ああ……民《たみ》を不安にさせて、申し訳ないと思っている」

「そんな！　一番お辛い思いをしたのは、公爵様なのですから……」

そう言いながら、ルカーナは顔を曇《くも》らせ、ほんのわずかだが目に涙を浮かべた。

どうしてかはわからない。だが、もし自分が、サテリアジスの立場だったら――。

突然、自分の居場所が何者かに蹂躙《じゅうりん》され、周りの人間がみんな殺されてしまったとしたら――。

父親の顔、母親の顔、友達であるリリエンやラージフの顔、それぞれを思い浮かべた。彼らがいなくなることを想像した。

そうすると、サテリアジスがいかに辛い状況にいるかが、よくわかった。

「……でも、公爵様だけでも一命を取り留めた……それだけでも、良かったです」

そう言うのが精いっぱいだった。

「優しい人なんだね、君は……ええと」

「……ハハ、そう言えばまだ、名乗っておりませんでした」

ルカーナは目の下の涙を手で拭い、居住まいを正す。

「ルカーナ。ルカーナ＝オクトと申します。公爵様」

「ルカーナか。綺麗な名前だ。僕はサテリアジス＝ヴェノマニア……って知ってるか、それは」

「フフフ」

「あと、『公爵様』って呼ばれ方は正直、あまりしっくりとこないんだよね。無理矢理与えられたような爵位でもあるし」

「そうなのですか？」

「父上があの事件で亡くなって、急遽《きゅうきょ》、僕が跡を継いで領主になったでしょ？　アスモディンを治める領主が伯爵位なのはどうも、色々と都合が悪いらしくってね。父のものを受け継ぐ形で、僕に公爵位が形だけ、与えられたわけだ」

アスモディン地方が属するベルゼニア帝国の貴族間では、伝統と形式を重んじる風潮が根強いことは、庶民のルカーナでも知っていた。自らの意志と関係なく、立場を押し付けられたサテリアジスにルカーナは同情したが、だからといって彼女にどうにかできるような話でもない。

「だから、できれば他の呼び方の方がいいかな。なんなら『サテリアジス』って呼び捨てでもいいし」

「さすがにそれは……。いきさつはどうであれ、私にとって『公爵様』は『公爵様』ですし……」

「そんなに気にすることじゃないよ」

サテリアジスに何度か促されたが、ルカーナは「公爵様」という呼び方を変えようとはしなかった。彼は思っていた以上に気さくではあったが、あくまで貴族であり、この地方の領主なのだ。一線はきちんと引いておくべきだ、というのがルカーナの考えだった。

ルカーナとサテリアジスがそんなやり取りをしていると、部屋のドアが開き、この店の主人である、ルカーナの伯父が入ってきた。

「おお、公爵様。お気づきになられたのですな。御加減はいかがですかな?」

「大丈夫、何も問題はないよ。手間をかけさせてしまったな」

「そうですか、それはようございました。無礼を承知で進言いたしますが、念のため、後でお医者様に診てもらった方が良いかと。大事なお身体ですからな、我々にとっても、ご自身にとっても」

「そうすることにするよ……邪魔したな、ありがとう。今は手持ちがないが、謝礼は後日、改めて渡す」

そう言って、サテリアジスはゆっくりと立ち上がった。

「お帰りですか？　もう少し休まれては……まあ、公爵様にはこのような狭い場所は息苦しいかもしれませんが……」

「そういうわけではないんだ。気分を害したなら許してくれ。ただ、あまり長居するのも悪いと思ってな」

「外も暗くなり始めております。屋敷までお付き添いいたしましょう……ルカーナ、お願いしていいかい？」

伯父の頼みに対し、ルカーナは無言で頷《うなず》いた。新年祭の影響もあって、店はまだ来客で賑わっている。手が空いているのは、ルカーナくらいなのだ。

「もしよろしければ、ですが、これにお着替えになってください」

伯父はそう言って、男子用の礼服を一着、サテリアジスに差し出した。

「この店で一番上等な服です。今、お召しになっている物よりは、ご都合がよろしいかと」

「……色々と気を遣ってもらって、悪いな」

サテリアジスは服を受け取ると、その場でそれを広げて見た。

「うん、センスの良いデザインだ。装飾も刺繍《ししゅう》も、僕好みだよ」

「公爵様を始め、ヴェノマニア家の方々は皆、マーロン様式の服をお好みだと存じておりましたので」

「へえ、ではこれは、マーロン国から取り寄せたものなのかい？」

「いえ、これはマーロン様式を真似《まね》て、そこのルカーナが仕立てたものです。使っている生地は、公爵様が着るものとしては、一段劣りますが……」

「なるほど、やはり僕の勘は、間違ってなかったわけだ……ルカーナ、君は優秀な仕立屋だよ」

サテリアジスはそう言って、ルカーナの方を見る。ルカーナは少し気恥ずかしそうに、頬《ほお》を染めた。

「この服の代金も謝礼と共に後でまとめて支払わせてもらうとして……着替えたいので、少し席を外してもらっていいかな？」

「これは失礼いたしました。ごゆっくり」

言われたとおりに、ルカーナと伯父は部屋を出た。

「ねえ、伯父様」

「なんだ？」

待っている間、ルカーナは伯父に、サテリアジスについて尋ねることにした。

「町の噂で『公爵様は気が触れた』なんて言っているのを聞いたんだけど、私にはとてもそうは――」

「ああ、そんなのはただのでまかせだよ。どこにでも、あらぬ噂を立てる馬鹿はいるもんだ。ただ

――」

「ただ……何？」

「公爵様は、記憶を一部、失っておられるらしい、というのは聞いた」

「記憶を？」

「店の常連の女将校から聞いた話だ」

「ああ、あの変な言葉遣いの……」

「……酷い事件だったからな。屋敷が何者かに襲撃され、公爵様以外の家人のほとんどが殺された。使用人の中には顔の皮を削《そ》ぎ落されている者もいたらしい。あんなことに巻き込まれれば、ショックでそうなってもまあ、おかしくはないわな」

「……でも、それも結局は噂でしょう？」

「そりゃまあ、そうなんだが。だがテット＝セトラ士爵は、事件の後処理も担当していたわけで、町の噂よりは――」

その時、サテリアジスが着替えを済ませ、部屋から出てきた。

――先ほどとは随分、印象が変わって見えた。やはり、ちゃんとしたものを着ると、私たちとは違う高貴な人なのだと、ルカーナは思い知った。

綺麗な人だ、とルカーナは心の中で呟いた。色男であるのはもちろんなのだが、それだけではない。一級のシルクが持つ光沢のような輝きを、彼自身がうっすらと放っているように錯覚してしまうほどだった。それは女であるルカーナですら軽く嫉妬《しっと》してしまうほどの、美しさだった。

もっといい服を纏えば、さらにこの人は輝くだろう。そう、ルカーナは思った。

そんな想像に心を浮かせていたからか、サテリアジスの屋敷まで同行し、中の状況を目《ま》の当たりにするまでは、ルカーナは結局、彼がどうしてラサランドの町をさまよっていたのか、その理由を聞くことを忘れてしまっていたのである。

4

思えば、公爵ともあろう人物が、従者もつけずに町を出歩いていること自体、おかしなことだった。

その理由は、屋敷に入ってすぐにわかった。

大きな屋敷だ。彼女の知らない別世界が、そこにはあった。

豪華な調度品であふれていた。見たこともないような装飾が其処此処《そこここ》にされていた。

だが、そこには誰もいなかった。

ふいに、背後に気配を感じて、ルカーナは振り返った。もちろんそこにいたのは、同行していたサテリアジスであったが、その立ち位置があまりに自分の近くだったので、ルカーナは軽く驚いてしまい、小さく「きゃ」と悲鳴を上げた。

「あ！　すまない。驚かせてしまったね」

ルカーナには一瞬、サテリアジスが先ほどまでとは違う、恐ろしい表情をしているように見えた。

だが、もう一度見直した時、その顔は元通りの、穏やかなものに戻っていた。

きっと気のせいだろう、屋敷が少し薄暗いから、そう見えただけだろう、そうルカーナは判断し、気にしないことにした。

「い、いえ。……ここに、一人で暮らしているのですか？　使用人も置かずに……」

「ああ、そうだ。事件以来、ずっとな」

彼の服の手入れが為されていなかったこと。お腹をすかせていたこと。

つまりは、そういうことだったのだ。

この広大な屋敷での生活を、貴族の子息がたった一人で維持できるはずもない。

「それでも、一人でできる限りのことはやっていたのだけどね。お金はあったから、生きていくことだけはできた。だけど『貴族らしさ』を保つのにはやっぱり無理があったかな。やはり駄目だよね、こんなことじゃ……」

サテリアジスは食堂の長机の上座にある、ひときわ大きな椅子《いす》に腰を下ろした。

促《うなが》されて、ルカーナもその横にある少し小さな椅子に座る。

「どうして……一人だけで？」

「僕はね、記憶を失っているんだよ」

「はい……そのことは伯父から聞きました」

ルカーナの伯父が女将校から聞いた話は、どうやら事実だったようだ。

「僕は犯人の顔を見ているはずだ。現場にいたんだからね。だけど、その顔を僕は、どうしても思い出すことができない。どこの誰が殺人鬼なのか、僕にはわからないんだよ」

「……」

「僕はね、臆病者なんだ」

信用のおけない人間を、近くに置きたくない、ということなのだろうか。

「僕のこと、変わり者だと思うかい？」

ルカーナには答えられなかった。

サテリアジスの孤独は、彼自身にしか理解できるものではないのだ、きっと。

「先ほど、聞きそびれましたが……町にはどうして？」

「備蓄してあった食料が切れたから、っていうのもあったんだけど……人を探すためでもあった」

「人？」

「女性だ。二人の女性を探していたんだ。町に出れば会えるかも、ってね」

「……恋人、ですか」

口にした後、余計なことを言ってしまったと、ルカーナは思わず口を押さえた。

……どうして、こんな質問を口走ってしまったのだろうか？

分別《ふんべつ》をわきまえなければならないと、先ほど誓ったばかりではないか。

ルカーナは心の中で、自分自身を戒めた。

サテリアジスは慌てているルカーナの様子を見て少し微笑んだ後、話を続けた。

「顔しか覚えていないんだ。一人は、白髪のおさげの少女。もう一人は短めの緑髪で、たぶん……白いドレスを好んで着ていると思う。心当たりはないかい？」

「ううん……すみません、それだけではちょっとわからないです。私はこの町に住んでいるわけではないので」

「そうだったね。こちらこそいらないことを聞いた。すまない」

「でも、白髪と緑髪なら、ネツマ族とエルフェ人だと思いますけど」

エヴィリオス地方で生まれついての白髪、そして緑の髪と言えば、その二つの人種だと考えられる。どちらも隣国エルフェゴートに多い。とはいえ、交易の要所として栄えているアスモディン地方では、ネツマ族、エルフェ人を始め、様々な人種の人間が暮らしている。これだけの情報では、見つけ出すのは難しいだろうと、ルカーナは思った。

「エルフェ人といえば……公爵様の亡くなったお母様も、確か、そうでしたよね？」

「ああ。だから、そちらの関係者かもしれないとは思っている」

「お母様のお兄様……グラスレッド侯爵が、アスモディンの政務を代行しているとお聞きしています」

よく知っているね、とサテリアジスは感心した様子を見せた。自分の暮らしている場所のことだ。それくらいはルカーナでも把握している。彼女は少しだけ不機嫌になったが、それを顔に出すことはしなかった。自分が政情に疎《うと》い田舎者であることは、事実なのだ。

「僕はまだ若輩だし、記憶も失ってしまっているからね。助かっているよ」

「そのグラスレッド侯爵にその……エルフェ人の女性のこと、お尋ねになってみては？」

「うーん……」

サテリアジスが少しだけ、顔を曇らせた。

「事件後、屋敷に一人で暮らすことについて、散々揉めたからね。中々向こうに顔を出しづらいというか……、あちらも最近じゃ、屋敷に寄り付かなくなってしまったし」

「いずれにせよ、このままの生活を続けるのは、よろしくないと思います。伯父も申しておりましたが、公爵様の身体は、あなた一人だけのものではないのですから」

「……そうだね」

「すみません……差し出がましいことを言いました」

「いや、ありがとう。君の言った通りだ……少し冷えるね」

サテリアジスは立ち上がり、背後にある暖炉に近づくと、そこに火をともした。

火の灯りが、サテリアジスの全身を赤く照らす。

「とりあえず、服については良いものが手に入ったから、心配いらないな」

「いえ、それはあくまで一時しのぎで……公爵様がお召しになるような服ではございません。改めてきちんとしたものをお作りになられた方が良いかと」

「そうなのか？　……じゃあ、その服作りを君にお願いしようかな、ルカーナ」

サテリアジスはそう言って、ルカーナの手を取った。

「え⁉　し、しかし、私などが――」

「君の服のデザインが気に入った。ぜひ、君にやってもらいたい」

ルカーナは顔を真っ赤にして、俯いた。それが暖炉の火が強すぎて暑いせいなのか、褒められた気恥ずかしさからなのか、それともサテリアジスに手を握られているからなのか……それは本人にもわからなかった。

いずれにせよ、これはちょっと急すぎる話だ。

「もちろん、代金は望むだけ払うよ」

「……私、住まいはミスティカにありますし、あまり長居するのも、伯父の迷惑になりますし……」

「滞在費もこちらが持とう。なんなら、服が完成するまで、この屋敷の部屋で暮らしてもらってもいい」

「え!? いや、でも……」

「無理は承知だ。それでも、君に頼みたいんだ」

結局、サテリアジスに押し切られる形で、ルカーナは彼の服の仕立てを請け負うことになった。

5

赤猫は退屈していた。

契約からだいぶ経つというのに、かの男はいまだに、行動を起こさない。

赤猫は彼が動きやすくなる環境を作るべく、根回しも行っていた。それは上手《うま》くいき、彼は爵位と、領主という地位を手に入れることができた。

しかし、肝心の本人が動かないのであれば、意味がない。

——彼が記憶を失ったのは、赤猫にとっても誤算だった。

「大罪の器」は、中々に扱いの難しい代物だ。使い方によっては他者の思考や記憶を思うように操作することもできるが、加減を間違えればその弊害《へいがい》は本人にも及ぶ……その事実を赤猫は知り、それがわかっただけでも、今回は良しとすることにした。

記憶がなくとも、植えつけられた性《サガ》に抗うことはできない……そんな確信があったからだ。

最近、彼の屋敷に女性が一人、住み始めたことも把握していた。おそらくは彼が招き入れたのだろう。

(ずっと人を遠ざけていたようだが、とうとう本能には逆らいきれなくなった、ということか)

――それでいい。そのまま委ねるのだ。与えられた「罪」の悪意に。

そして、世界にばらまくのだ。「悪意の種」を――。

6

もうすぐ日が変わる時刻になろうとしているのに、ルカーナはいまだ作業部屋に籠《こも》って、出てこない。

サテリアジスはその時、お気に入りの椅子に腰かけ読書にいそしんでいた。

机の上には何冊もの本が積み上げられている。いずれも、この屋敷内にあった蔵書だ。

その中には、かつての家人たちの日記などもあった。父の日記、母の日記、使用人たちの日記――

それぞれの何気ない日常や仕事の様子が書かれていた。だが、自分自身の、サテリアジス＝ヴェノマニアの日記だけは、自室を探しても、どこにも見当たらなかった。

自分はどうも、日記などは書かない性質の人間だったらしい。

そんなことすら忘れている自分自身が、サテリアジスには歯がゆかった。

(ルカーナ……今日もずいぶんと遅くまで作業をしているようだな。……あまり根を詰め過ぎてなければいいのだが)

サテリアジスは少し気になったので、読書を中断して、ルカーナが作業をしているはずの部屋に行ってみることにした。

サテリアジスの依頼でルカーナが服の仕立てを始めてから、二週間が経とうとしていた。

生地も道具も、揃《そろ》えられる限りのもっとも上等なものを用意した。ルカーナはそれらを目の当たりにした時、少し恐縮していたようだが、その目を輝かせていた。

彼女ならばきっと、素晴らしい服に仕上げてくれることだろう、そうサテリアジスは確信していた。仕立てだけではない。この二週間で、ルカーナがいかによくできた人物であるかが、改めてわかった。

有り難いことに、ルカーナは服の仕立ての合間に一通りの家事もこなしてくれたのだ。そのおかげでサテリアジスは、以前よりはだいぶ人間らしい生活を送れるようになった。

彼女の好意に、いつまでも甘んじているわけにもいかない。いい加減、ちゃんとした使用人を雇うべきだとは重々、サテリアジスも承知していた。その反面、このままずっと、彼女がこの屋敷にいてくれたら、という気持ちもあった。

部屋の前まで来たが、中から物音は聞こえてこない。

サテリアジスが部屋に入ると、ルカーナは机に突っ伏し、寝息を立てていた。

この数日、ずっとぶっ続けで作業をし、しかも屋敷の家事まで行っていたのだ。よほど疲れていたのだろう。居眠りしてしまうのも、無理のないことだった。

起こすのも忍びない。そう思ったサテリアジスは、寝室から毛布を持ってくると、それをルカーナの肩にそっとかけてやった。そして近くの椅子に腰かけ、彼女の寝顔を何となく、しばらく眺めていた。

ルカーナの顔を見ているうちに、サテリアジスの中で二つの感情が湧《わ》き上がってきた。

一つは、彼女への感謝の気持ち。そしてもう一つは——

劣情だった。

ルカーナを手放したくなかった。だがおそらく彼女は服を作り終えたら、ミスティカに帰ってしまうことだろう。

（ならばその前に……彼女を自分のものにしてしまえば……）

サテリアジスにそう思わせるほどの美しさを、ルカーナは持っていた。田舎育ちとは思えないほどの、洗練された美しさ。

華奢《きゃしゃ》でありながらも、豊満さをあわせ持った身体。それをめいっぱい、折れてしまうほどの力で、抱きしめたい。

清らかな寝顔。柔らかそうな唇。それを僕の色で、汚してしまいたい――。

ごくり、と生唾を飲み込む。

（……何を馬鹿なことを）

サテリアジスは我に返り、心の片隅で紙屑《かみくず》のように丸められていた理性を、限界まで広げた。そうして自らの勝手気ままな欲望を、押さえこもうとした。

わかっていた。こうなることがわかっていたから、今まで屋敷に人を寄せ付けなかった。

自分の中に、異常な感情が存在することに、気がついていたから。

（だけど結局、僕は自らの手で、彼女を屋敷に招き入れてしまった）

あの日、サテリアジスが女性を探して町に出たというのは、本当のことだった。

しかし、「特定の」女性を探していたのかと言えば――。

（それは、嘘だ。女性なら誰でも良かった、「誰か」を探していたんだ）

それでも、あと一歩を踏み出すことは、何とか抑えていた。

その感情——狂気と言えるほどの並外れた欲情は、日が経つほどに収まるどころか、どんどん膨れ上がっていた。その本能に、サテリアジスは抗え切れなくなってきていたのだ。

(……やはり、服が完成したら、彼女とは二度と会わない方がいいな)

自身がルカーナに好意を持っているのは事実だ。だがそれが、純粋な愛情なのか、それともただの欲情からなのか——。

今のサテリアジスには、正常な判断ができなかった。

「う、ううん……」

ルカーナがふいに、小さな呻《うめ》き声を上げた。それを聞いて、サテリアジスは彼女の目が覚めたのかと思ったが、そうではなかった。

彼女は眠ったまま顔を歪め、うなされていた。

悪い夢でも見ているのか、あるいは身体の調子が悪いのか——いずれにせよ起こした方が良さそうだ。そう思い、サテリアジスが立ち上がったのと同時に、ルカーナの方も勢いよく、身体を起こした。

「……はぁ、はぁ……」

「ルカーナ?」

目覚めたルカーナは、息が荒く、顔も蒼白《そうはく》になっていた。

「おいルカーナ、大丈――」

「いやっ‼」

サテリアジスが声をかけようとした瞬間、ルカーナははっと彼の方を振り返ると、悲鳴を上げて椅子から転げ落ち、這《は》い擦るように後ずさった。

「こ、こないで……」

自分の中の劣情を、彼女に読み取られたのかもしれない。そう思ったサテリアジスは、そこから動くことができなかった。

ルカーナもまた、床に倒れたままの状態から、動こうとしなかった。

だがそれも、ほんの少しの間だけだった。落ち着きを取り戻したルカーナは、我に返ったように目を見開くと、息を整えて立ち上がった。

「ご、ごめんなさい。取り乱して……」

「いや、大丈夫だ。……どうしたんだ、ルカーナ。僕が何か悪いことを――」

「い、いえ！　そうでは、ないんです。ただちょっと、悪い夢を……」

「夢？」

「そう、夢……夢なんです。……スミマセン、今日は失礼させていただきます」

そう言ってルカーナは、突然帰り支度を始めた。

「今日は泊まっていかないのか?」

「はい、作業もちょうど一段落しましたから。今夜は伯父の家に戻ります」

「そうか。気をつけて」

何故わざわざ町まで戻るのか。その理由までを、サテリアジスは尋ねることができなかった。

屋敷を出て行ったルカーナの後ろ姿を見送りながら、サテリアジスはルカーナがもう、戻ってこないのではないかと、不安になった。それならばそれでいい、という気持ちと、彼女と別れたくないという想いが頭の中で混じりあい、おかしくなりそうだ。

突然、視線の先にいるルカーナが振り返った。そして、声を張り上げてこう言った。

「服の方、あと五日もあれば完成しますから! それまで私、頑張りますから! 楽しみに待っててくださいね、ヴェノマニア様!」

サテリアジスの気持ちが晴れやかになったのは、彼女が笑顔だったから。そして自分の名前を「公爵様」ではなく、少し親しげに「ヴェノマニア様」と呼んでくれたからだった。

(「サテリアジス様」ではなく「ヴェノマニア様」なのが、ルカーナらしいな)

7

五日後の早朝、ルカーナの宣言通り、サテリアジスの服は完成した。

「ヴェノマニア様が元々お召しになっていた服のデザインを基調にしていますが、所々に独自のアレンジも加えています」

サテリアジスの頭髪の色に合わせた、濃い紫の色調。ラウンド・テール・コート（円尾服《えんびふく》）と呼ばれる、海の向こうの国・マーロンで流行の様式で仕立て上げられた服は、サテリアジスの身体にぴったりとフィットした。

「うん、やはり西方のデザインの服はいいね」

「アスモディンにいる庶民の間では東方系が主流ですし、貴族の方々にも東方系の服を好む方もいらっしゃいます。でもベルゼニア本国の皇族を始め、より高貴な人ほど、西系を好む傾向にありますね」

「そうだな。僕も東方系の服はどうも、性に合わないんだ」

「このお屋敷自体も西方系の様式で作られていますしね。でもその円尾服は、元々は東方の服が起源だという説もあるんですよ」

「へえ、そうなんだ……何はともあれ、細かな装飾のデザインもいいし、気に入ったよ」

「ありがとうございます……これでようやく、役目を果たせました」

ルカーナは一歩下がって、自分の仕立て上げた服を着たサテリアジスの全身を改めて確認すると、満足そうに頷いた。

「どうだいルカーナ？　お祝いとお礼を兼ねて、今日は久しぶりに、外に食事にでも――」

「いえ、今日はこのまま、ラサランドを出て、ミスティカまで帰ろうと思っています。もう身支度も済んでいますし」

「……ずいぶんと急だな。まだこの服の代金も、支払っていないというのに」

「予定よりだいぶ長く、ラサランドに滞在してしまいましたから。故郷の両親や友達も心配していると思いますし。代金は伯父の方に支払っていただければ、私の実家に送られる手はずになっておりますので、心配ご無用です」

「……寂しくなるな」

サテリアジスが本当に寂しそうな顔をしたからか、ルカーナは少し困ったような笑顔を浮かべた。

「早く使用人を雇ってくださいね！　ヴェノマニア様ったら本当、一人では身の回りのこと、何にもできないんですから。フフ」

「新しい使用人を雇ったとして、その人が君のような美味しいババガンヌーシュのパンを作れるかどうか、それが問題だな」

「本当にお気に召したんですね、ババガンヌーシュ。厨房に作り置きしたのがありますから、後で食べてくださいね」

「ハハ、ありがとう。それじゃあ……町の入り口まで、送るよ」

「そんな！　そこまでしてもらうわけには……」

ルカーナは慌てて、遠慮の意を示すように、両の掌をサテリアジスに向けて突き出した。

「それくらいはさせてくれ。せめて……な」

「……わかりました。では、ありがたく」

サテリアジスは完成した服を着たまま、そしてルカーナは旅支度を詰め込んだ荷物を手に、二人で屋敷を出て、町へと繰り出した。

新年祭もとっくに終わり、ラサランドの町は日常の風景に戻っていた。朝市の準備のためか、幾人かの商売人たちが、町中を出歩いている。

以前、町に来た時と同じように、サテリアジスは町人たちに注目されることとなった。

もちろん、前とはまったく反対の意味で、である。

（おお……なんとご立派な）

（ようやく正気を取り戻されたのか）

（馬鹿！　元々、おかしくなんかなってなかったんだって）

（ともあれ、よかったよかった）

サテリアジス＝ヴェノマニアは町の人気者だったようだ。彼は人々の反応から、肌でそれを感じ取った。だが記憶を失っているせいか、どうしてもそのことを素直に喜ぶ気になれなかった。人々の評価が、まるで他人事のような、そんな気がしてならなかったのだ。

隣を歩くルカーナの表情が硬い。サテリアジスと一緒に歩いていることについて、ややばつが悪そうな様子だ。そのため、サテリアジスはやや足を速めて、町の入り口へと急いだ。ルカーナも後を追うように、それに続いた。

町の入り口に近づくにつれ、人込みは徐々に減っていった。

そして、町の境にたどり着く頃には、周りに人影はまったくない状態になっていた。

「それでは……ごきげんよう」

別れの挨拶もそこそこに、ルカーナはサテリアジスの側を離れ、先を急ごうとしていた。

違和感を覚えたサテリアジスは、素早くルカーナの左手をとり、彼女を引き留めた。

「何故だ？　どうしてそんなに、急いで僕から離れようとする？」

思えばここ数日、ルカーナはずっと、焦っているように見えた。

サテリアジスに対しては相変わらず優しく、笑顔で応じてくれていた。呼び方も少しだけ親しげなものに変わった。

だがその一方で、彼女はより一層、仕事に精を出すようになっていた。一晩中、作業部屋に籠っていることもざらにあった。まるでなるべく早く服を完成させ、屋敷から去りたい――そんな風にすら、思えるほどに。今日だってこうして、サテリアジスの知らぬ間に身支度を済ませ、すぐに旅立とうとしていた。世話になった伯父にすら、別れの挨拶もせずに、だ。

ルカーナはゆっくりと、しかし確実な拒絶の意志が込められている力強さで、サテリアジスの手を払った。

「私たちは……私とヴェノマニア様は、もう、会わない方がいいのです」

それだけ言うと、ルカーナは駆け出していった。

(もう……『会わない方がいい』?)

サテリアジスはその場に膝《ひざ》をついて、うずくまってしまった。

〈私たちはもう、会わない方がいいのです〉

その言葉が何度も、サテリアジスの脳裏でリフレインしながら、響き渡った。

単純にショックだった、というのもあった。だが自分にとって、それ以上の意味がその言葉にはあるように思えた。

(そうだ……僕は以前にも、同じ言葉を誰かに、言われたことがある……)

サテリアジスの頭の中を、二つの顔が順番に流れ、消えて行った。

何度も、何度も。

記憶を失ったサテリアジスが唯一覚えていた、どこの誰かもわからない、二人の女性の顔。

燃えるような赤い瞳を持ち、それと同じ色の毛並みの猫を肩に乗せた、白髪の少女。

（いや……違う。彼女じゃない。……そうだ、あの言葉を言ったのは、もう一人の方……）

純白のドレスに、大きな花飾り。緑の髪。

笑い顔。怒り顔。泣き顔。すねた顔。落ち込んだ顔。困った顔。

そして――冷たい視線で自分を見下ろす、醜い顔。

大好きだった。

誰よりも何よりも、愛していたのに。

（……グミナ。思い出したよ、ようやく。君の、名前を）

サテリアジスは立ち上がった。ルカーナの姿はもう、見えなくなっていた。

その時、誰もいなかったはずのサテリアジスの背後から、唐突に声が聞こえた。

「……馬鹿が。何故、引き留めぬ。何故、自らの手中におさめぬのだ」

サテリアジスは振り返らなかった。

その声の主のことも、思い出したのだ。

「……アイアールか。久しぶりだな」

「！　ほう……記憶を取り戻したのか」

「まだ、ほんの一部分だけのよう、だがな」

「具体的には、何を思い出した」

「そうだな……君がとってもキュートな、美女魔道師であることとか――」

「茶化すな。真面目《まじめ》に答えろ」

「ハハ、ゴメンゴメン」

サテリアジスは大げさに、笑い声をあげた。

「とりあえず、僕が為《な》してしまったこと。そして、これから為すべきこと。その二つははっきりと、思い出した」

「ならば彼女を追え。より力を得たいのならば、獲物を逃すな」

「……しかし、もうだいぶ、離れてしまったみたいだね」

サテリアジスは地に水平になるように広げた左手を、自らのこめかみに当て、彼方を走るルカーナを探すそぶりをして見せた。

「馬車でもなきゃ、今から追いつくのは難しそうだ」

「ならば飛べ。飛んで追いかけろ」

「んな無茶な」

「まだ夜が明けたばかりで、ちょうど人気もないし、問題はあるまい」

「いや、そういうことじゃなくて……」

「どうした？　『力』の使い方は、まだ思い出していないのか？」

「……ああ、なるほど、ね」

つまり、アイアールは「あの力」を使え、とサテリアジスに言っているわけだ。

契約により手に入れた「大罪の悪魔」の力を。

「思い出しはしたさ。だが、実際に試したことがまだ、ないからなあ」

「今がその、試《ためし》の時だと思え。大丈夫だ。さして難しいものではないはずだ。たぶん……な」

「なんか微妙に無責任な物言いだな。お前の魔術で瞬間移動させてくれるとか、そういうのはできないのか」

「……無理だな。少なくとも今は、な」

そう言ってアイアールは、サテリアジスの前に回り込んできた。

「この姿では、私は魔術が使えん」

そこにいたのは、一匹の赤い猫だった。

「ああ、今はそっちの姿なのか」

「とにかく、さっさとやれ。このままだと、本当に追いつけなくなるぞ。それ以上ぐずぐずするようなら消し炭にしてやる」

「今は魔術が使えないんじゃなかったのか？」

「うるさい、早くしろ」

「はいはい、わかりましたよ」

サテリアジスは周りにアイアール以外、誰もいないのを確認すると、服を脱いで上半身だけ裸になった。

（ルカーナがせっかく仕立ててくれた服だ。破るわけにはいかないからな）

次に、その場で目を閉じた。

そして自分の中にいるはずの「存在」に、心の中で話しかけた。

（おい、聞こえているか。聞こえているなら答えろ、『悪魔』！）

……久しぶりだな

（しばらく声が聞こえてこなかったが、何をしていた）

眠っていたのだよ

半強制的にな
お前が記憶を失っていたせいかもしれぬが……
その間は本当につまらない
つまらない時間を……

（まあそれはいい。お前の力が必要だ。とっとと貸せ）

せっかちな心だな……
まあよい
これからしばらく
楽しくなりそうだ

はじめに、サテリアジスの身体を、強烈な悪寒《おかん》が走った。
（ん……きたか）
虫が這うような、耳障りな音が聞こえている。
それが、自分の頭の中から直接響いてきていることに、サテリアジスは気がついた。

背中に違和感を覚えた。

何かが内部を蠢《うごめ》いているような、そんな感覚だった。

翼を授けてやる
空がお前の舞台だ
存分に踊れ！

次の瞬間、巨大な蝙蝠《こうもり》の翼を手に入れたサテリアジスの身体が、宙を舞っていた。

「なるべく高く飛べ！　くれぐれも人目に付かぬようにな！」

アイアールの叫びが届いたかもわからぬまま、サテリアジスは前方の空に消えて行った。

8

ルカーナは驚愕《きょうがく》していた。

それも無理はないことだった。

先ほど別れたはずのサテリアジスが、突然目の前に、しかも文字通り、空から降ってきたのだから。

さらには、蝙蝠の翼を背中に生やして、である。

「ヴェ、ヴェノマニア様⁉　え、えええ⁉」

「驚かせてすまない、ルカーナ。君にどうしてももう一度会いたくてな。ここまで飛んできてしまった」

二人が今いるのは、ラサランドと隣町を繋ぐ森の街道だ。

人気がまったくないのは、サテリアジスにとって好都合だった。

「ルカーナ、やはり君を手放したくない。結婚しよう」

サテリアジスはルカーナの両手をとり、しっかりと握りしめた。

「……突然現れて、そんな姿で、何をおっしゃいますか！」

ルカーナはサテリアジスの手を振り払い、顔を伏せた。

「ああ、こんなはしたない格好で女性の前に出るべきではなかったね。これは失礼――」

「そう言うことではありません！　その翼……ヴェノマニア様はやはり、おぞましきものに魂を、売ってしまわれていたのですね……」

ルカーナの言い方に少々、サテリアジスは引っかかった。

（……『やはり』？）

まるでサテリアジスと悪魔との契約のことに、気づいていたかのような口ぶりだった。

（まさか⁉　僕自身ですら先ほどまで、忘れていたというのに）

「……お帰りください。私は今見たこと、そしてこれまでのこと、すべて忘れます。誰かに口外することもいたしません。だからヴェノマニア様も――」

「それは無理だ。僕はもう、自分を偽ることはしない。君が欲しい。だから、何としてでも手に入れる」

「私の心はもう、あなたに向くことは決してありません」

ルカーナはサテリアジスをまっすぐに見つめた。

その目には、強い決意が秘められているように見えた。

「そうか……では、仕方がないな」

サテリアジスはそう言って、一歩後ろに下がった。

だがそれは決して、諦《あきら》めの態度を示すものではなかった。

「ルカーナ、もう一度言うよ。僕は欲しいものは、何としてでも手に入れる……たとえ、無理矢理にでもね！」

その直後、サテリアジスの姿にさらなる変化が起こり始めた。

頭から羊の角が生えだし、爪《つめ》が伸び始めた。瞳の色は元の紫色から、赤色へと変化していった。

サテリアジスの身体から、人らしい部分がどんどん失われていく。

「いやぁぁぁぁ‼」

その様子を目の当たりにしたルカーナは絶叫した。うずくまった姿勢で身体を大きく震わせ、目からは大粒の涙を流した。

「ああ……すべては、夢の通りに……。あれは、あの『紫の夢』はやはり、予知夢だった……」

「ハハハ、ルカーナ、怖いのかい？　僕のこの姿が！」

サテリアジスは雄《お》叫《たけ》びのような笑い声をあげた。

彼の意識は高揚しすぎて、多少の錯乱状態にあった。まだ悪魔の力を使いこなせていないがゆえの、副作用のようなものだった。

「違うのです……ヴェノマニア様。私が泣いているのは、恐ろしいからではないのです。あなたが、普通の人であったなら……普通に出会えていたならば、私はきっと、あなたのことを――」

そのあとにルカーナが呟いた言葉は、もう、サテリアジスの耳には届かなかった。

サテリアジスはルカーナの顎《あご》を掴んで引き上げ、無理矢理に視線を合わさせた。

「さあルカーナ、僕の目を見るんだ」

ルカーナはまだ、泣き続けていた。

それでも、覚悟を決めたのか、彼女はサテリアジスの言う通りに彼の目をまっすぐ見て、そして、こう言った。

「ヴェノマニア様、あなたはこの先、多くの女性を妻とし、快楽に溺《おぼ》れる日々を送ることになるでしょう。それはあなたにとって、そしてもしかしたら女たちにとっても、幸せなものとなるかもしれません。たとえあなたの瞳に、たった一人の女性しか、映っていなかったとしても」

サテリアジスの赤い瞳がより一層、輝きだす。ルカーナの瞳もそれに呼応するように、大きく見開かれていく。

「だけど、ヴェノマニア様……その先に待っている……のは……破……滅。それを……避けるには……真実……愛……を……決して……見失わ……」

ルカーナの身体から力が失われ、サテリアジスの方に倒れ込むようにもたれかかった。

「ルカーナ、帰ろうか。僕らの屋敷へ」

サテリアジスは、気を失ったルカーナの身体を抱きかかえると、彼女に優しく、口づけをした。

するとまもなく、彼女の瞼《まぶた》が少しずつ開かれていき、やがて完全に、目を覚ました。

もう、ルカーナはサテリアジスから離れようとしなかった。むしろ彼の愛撫《あいぶ》に応じるように、その背中に腕を回して、力強く抱きしめ返した。

「ええ、帰りましょう。愛するヴェノマニア様」

そうしてもう一度、長い時間、接吻《せっぷん》を交わした。

サテリアジスを拒絶した清楚《せいそ》で理知的な女性、ルカーナ＝オクトの姿は、もうそこにはなかった。

サテリアジスがルカーナから顔を離した、その時だ。

前方で、何かが割れる音がした。

サテリアジスが顔を上げると、そこには粉々に砕け散った水瓶《みずがめ》と、その持ち主であるらしい、緑髪の少女の姿があった。

「あわ、あわわわわわわ……」

少女は言葉にならない声を出して、その場で座り込み、震えていた。

サテリアジスは一瞬、彼女の緑髪に目を奪われた。

自分が探し求める女性の髪と、同じ色だったからである。

しかし、顔は似ていなかったし、髪の長さもずいぶんと違った。

近くの村の農民だろうか。薄汚い作業着に身を包み、長い髪を乱雑に、ツインテールの形で結んでいた。年はまだ若く、十代後半といったところか。

「ひえぇぇぇぇぇぇ……」

間の抜けた叫び声をあげながら、彼女はその場から逃げ出そうとした。だが、どうやら腰が抜けてしまったようで、立ち上がることができずに這い擦っていた。

その様子を、サテリアジスは納得がいかない、という顔で見ている。

「何をそんなに怯《おび》えて……あ、そうか。そういうことか」

サテリアジスは自身の身体を見回して、合点《がてん》がいった、という表情をした。

「僕が半裸だから、驚いてしまったんだな」

「違うわ！　阿呆《あほう》が!!」

新たな叫び声が、今度は背後から聞こえた。

サテリアジスが振り向いた先にいたのは、ローブを纏った、白髪のおさげ髪の少女だった。

その肩にはちょこんと、赤猫が座っている。

「お、今度は人間の方の姿で登場か、アイアール」

「気になって後を追ってきてみれば……人目に付かぬよう、あれほど言っておいたというのに」

「あ、そうだったか？」

「その角！　その爪！　その翼！　全部見られたぞ！」

「なるほど、それは困ったな」

サテリアジスはそう言ったが、その表情にはまったく危機感が見受けられない。

「だがなアイアール、案ずることはない」

サテリアジスはルカーナから手を放すと緑髪の少女に近づき、怯えている彼女と顔を見合わせた。

「よくよく見れば、中々に可愛《かわい》らしい顔をしている。どうだい？　君も僕の屋敷に、一緒に来ないか？」

　サテリアジスの狙いを理解したアイアールは、小さく息を吐いた。

「そういうことか……。まあ、勝手にするが良い」

　少女と視線を合わせたままサテリアジスが目を見開くと、彼の赤い瞳が再び輝きだした。

「あ……」

　先ほどのルカーナと同様、少女の瞳が焦点を失っていく。

　だが、そこからが違っていた。

「い……いや！」

　少女はサテリアジスの身体を突き飛ばすと、そのまま立ち上がり、一目散に逃げ出していってしまったのだ。

「おや……おかしいな」

　サテリアジスはアイアールの方を見た。

「『色欲』の術が効かなかったぞ。どういうことだ、アイアール」

「ふむ……これは少々、厄介なことになったな。考えられる可能性は、いくつかあるが……」

「どうする？　もう一度空を飛んで、あの娘を追うか？」

「いや、それは止めておけ。そろそろ、交易の荷馬車がこの道を通り始める頃合《ころあい》だ。余計に面倒なことになりかねん」

アイアールは踵《きびす》を返し、サテリアジスに背を向けた。

「一度、屋敷に戻るぞ。今後のことについて、色々と話しておきたい」

「あの少女は、放っておいて大丈夫なのか?」

「だから、そのことも含めて、だ。……まあ、当分は心配ないであろう。いざとなれば、どうにかする手段もあるしな」

「……だ、そうだ。それでは帰るとするか、ルカーナ」

少し離れた所で、今までの様子を直立不動で眺めていたルカーナを、サテリアジスは再び抱きしめた。

「はい、ヴェノマニア様」

ルカーナは笑顔で、それに応じた。

ヴェノマニア・ハーレム
現在の人数・一名

第二章　ミクリア＝グリオニオ

1

「わたくしたちは、もう会わない方がいいのです」と女は言った。
「どうしてなんだ？」と男は問い詰めた。
「どうしても」と女は答えた。
「納得がいかない」と男は食い下がった。

女の沈んだ顔は、やがて不機嫌な表情へと変わる。
そして、女はこう言った。
「……うるさいなあ」と。
「どうしてそんなに鈍感なの？」と続けて言った。
「本当は最初から嫌いだった」と続けて言った。
「あなたが側にいるだけで虫唾《むしず》が走る」と続けて言った。
「気持ちが悪くてたまらない」と続けて言った。

最後に、歪んだ顔で女はこう言った。

「その醜い顔を近づけるな」と。

僕は醜くない。

僕は醜くなどない。

醜いのは、今のお前の顔ではないか。

そこで、男は目を覚ました。

2

サテリアジスが目を覚ましたのは、馬車の中だった。

どうも、居眠りをしてしまっていたようだ。

「起きたか。ずいぶんとうなされていたぞ」

隣の席に座る赤猫が、特に心配しているそぶりも見せずに、窓から外を眺めながら言った。

外にはのどかな田園風景が広がっていた。アビト村は近いようだ。

ラサランドを出てからどれくらい経つか、サテリアジスは隣のアイアールに尋ねる。

「小一時間ほどだ。わざわざ馬車で来ることもなかったな」

「一応、領主である僕が、徒歩で隣村まで移動、というのも体裁が良くないのでな」

「今さらそんなことを気にするか。供もつけずに一人で出歩くこと自体が、おかしいとは思うがな」

「それもそうか」

金髪の若い御者が、馬の手綱《たづな》を引きつつ、一瞬だけチラリとこちらを向いた。

「……なあ、アイアール」

サテリアジスは急に声のトーンを落として、赤猫に囁いた。

「こうやって普通に話していても、大丈夫なのか？　喋《しゃべ》る猫など、少なくともアスモディンでは、そこらにいるものではないぞ」

「ん？　ああ、問題ない。私の声を人の言葉として認識できるのは、お前だけだ。お前のこと、御者にはただの猫好きの変人としか映ってないだろうさ」

「……それはそれで問題だな。何故、少女の方の姿で来なかったのだ？」

「得体《えたい》のしれぬ女が公爵の側をうろちょろしていれば、あらぬ噂の元となるであろう。私にとっても、外でお前といる時はこの姿でいる方が、何かと都合が悪くないのだ」

猫と話しているのも十分噂の元になりそうなものだが……はたしてどちらの方がましだろうか、サテリアジスは考える。まあ、アイアールが「都合が悪くない」と言うのであれば、それで良い気もするが。

畦道《あぜみち》を走る馬車の全体が、大きめの石でも踏んだのか、わずかに跳ねた。

アスモディン地方は全体的に雨の少ない土地柄であるが、ラサランド周辺は例外で、降雨量が他の地域よりも多い。そのため大都市であるラサランドの近くにも、いくつか農村地帯が点在している。

今、サテリアジスたちが向かっているアビト村も、そんな農村の一つだ。

「アビト村か……お前は行ったことがあるのか？　公爵」

珍しくアイアールの方からサテリアジスに質問をしてきた。

「いや……ないと思う。少なくとも、今の僕の記憶には残っていない」

サテリアジスの記憶は、まだ完全には戻っていなかった。というよりも、思い出していないことの方が多い。

彼が思い出したのは、主に三つ。

一つ目は、自分がアイアールの手引きにより「色欲の悪魔」と契約したこと。

二つ目は、そのきっかけである公爵邸の惨殺事件、その犯人が他ならぬサテリアジスであること。

そして三つ目は、悪魔と契約したのは「グミナ」――彼女を、手に入れるためだということだ。

しかもこの三つですら、詳細まで漏れなく思い出したわけではなかった。

両親をはじめとした家人たちを殺したのはサテリアジスだ。それは間違いなかったが、その動機が、自分自身でも今一つはっきりしなかった。

（僕は家人たちを憎んでいたのだ……おそらくは。その気持ちは何となく思い出した。だけど、何故僕は、家族を憎むことになった？）

事件を目撃したはずのアイアールにそのことを尋ねても、彼女は答えを彼に教えようとはしなかった。というよりも実際の所、アイアールも偶然に近い形で事件に出くわしただけで、サテリアジスがその行為に至った原因を詳しいところまで把握していないそうだ。

ただ、アイアールが初めて屋敷内でサテリアジスと会った時、彼は動機について「愛してもらいたかった」と述べていたそうだ。

（愛……そう、僕は『グミナ』を愛していた。そして彼女に酷いことを言われ突き放された。それが原因だったのだろうか？）

そのグミナについても、彼女の容姿、罵声《ばせい》を浴びせられたこと——それ以外の具体的なことは、何一つ思い出せないでいた。

ずっと昔からの、おそらくは子供の頃からの知り合いであるような気がした。だが、それも「そんな気がする」だけで、断言はできない。

（だが、昔からの知り合い、それも緑髪とくれば……）

やはり、同じく緑髪だった母親の——グラスレッド家の関係者である可能性が高い、ということだ。

(近いうちに、グラスレッド家を訪ねて聞くのが、やはり一番手っ取り早いか……あまり気乗りはしないが)

グラスレッド侯爵——サテリアジスの伯父に当たる人物とは、屋敷に使用人を置く置かないで揉めて以来、険悪になっていた。

(いずれにせよ、そのことよりも今は、目の前の問題を解決しないと、な)

アビト村の正門らしき、みすぼらしい木の門が、前方に見えてきた。

サテリアジスは横で毛づくろいをしている赤猫に尋ねた。

「あの村に、例の水瓶の少女がいる……それは確かなんだな」

「ああ、間違いない。あの女——ミクリア＝グリオニオは、アビト村に住んでいる農民だ」

「よくもまあ、こんな短期間で見つけ出したな」

「この国の政府にツテがあるからな、私には。お前がすんなり領主に、そして公爵になれたのも、私が色々と手を回してやったからなんだぞ」

アイアールは偉そうに、胸を張ってみせた。恩でも着せたいのだろうか。

「まあ、お礼は言っておくよ。でも僕は元々公爵家の嫡男なんだし、お前が何もしなくても領主にはなれたと思うけどね」

「……おめでたい奴《やつ》だ」

サテリアジスは眠気を振り払うように、腕をあげて軽く背伸びした。

「んん～～。やはりまだ、少し眠いな」

「夜更かしをするからだ。……昨晩はお楽しみだったようだな。『昨晩も』と言った方がいいか」

「ルカーナも、今頃は屋敷のベッドでぐっすり眠っているだろうさ。昨日は特に激しかったからね」

「よくもまあ、一週間もぶっ続けで、あ、飽きないものだ」

「僕をそんな身体にしたのはお前だろう？　あれ？　もしかして赤くなってる？」

「私は元から、全身真っ赤だ！」

サテリアジスの記憶が戻り、力の使い方を思い出したあの日。彼は「色欲の悪魔」の力でルカーナの心を自らの虜《とりこ》にした。

サテリアジスが悪魔との契約で得たのは、気に入った女性を思うままに籠絡《ろうらく》できる能力であった。

アイアールが言うには、扱いに慣れてくれば、この前のように身体を悪魔化させなくても力を発動できるようになるらしい。

ただし、力を保ち続けるためには条件がある。

それは、定期的に女性と交わること、である。

そのため、女性との営みが途切れると、契約者は強烈な劣情に襲われ、女性の身体を欲するようになる。記憶を失っていた時のサテリアジスはそれを恐れ、周りから人を遠ざけていたのだ。

ルカーナを正式に妻として娶《めと》り、世間に公表することも、サテリアジスは考えた。

だが、アスモディン地方、というよりこの地域を含むベルゼニア帝国では、一夫一妻が当たり前だった。国教であるレヴィン教の戒律でも、複数の妻を持つことは許されていない。

サテリアジスの目的はあくまで「グミナ」を手に入れ、自分の妻とすることだ。だからルカーナと結婚するわけにはいかなかったし、屋敷に囲っていることを知られるのも、都合が悪かった。

悪魔の力を保つための相手としてならば、必ずしもルカーナである必要はなかった。彼女の洗脳を解いて、家に帰してやっても良かった。劣情は町の娼婦でも相手にして、解消すればいい。

それでもサテリアジスは、ルカーナを手放すつもりはなかった。

(『グミナ』も好きだが、ルカーナも好きだ。一夫一妻制などくだらない。好きな女性すべてを愛することの、何が悪いというのだ)

サテリアジスがそう思っても、所詮《しょせん》彼は一地方領主に過ぎない。国の決まりを変えるほどの権力は、彼にはないのだ。

悪魔化し、人並み外れた力を発揮することはできる。しかしそれは、ベルゼニア帝国の軍隊に一人で立ち向かえるほどではなかった。「色欲の悪魔」の本領は、あくまで異性を魅了する能力にあるのだ。

今のサテリアジスにできるのは、ルカーナを人目に付かない、屋敷の奥深くに隠し、そこで毎夜の営みに溺れることぐらいだった。

屋敷には地下室が存在した。長いこと使われていなかったようで、サテリアジス自身も記憶を失って以降、ほとんど足を踏み入れることがなかった。窓もなく外界から遮断されたこの場所は、ルカーナを幽閉するのに都合が良かった。

地下室は一階と同程度のスペースがあり、広さは問題なかったが、いかんせん無機質で味気ない場所だった。サテリアジスとしてもそこにルカーナを閉じ込めるのは、いささか忍びなく感じていた。

とはいえ、以前とは違う理由で、屋敷に使用人を置くわけにはいかなくなってしまったので、なんとか自力で対策を考えなくてはならない。

問題は他にもあった。そろそろルカーナの家族——彼女の両親や伯父たちが、ルカーナが行方不明になったことに気がつき、騒ぎ始める頃だろう。そちらもどうにかせねばならない。

ルカーナがサテリアジスの屋敷に滞在し、服の仕立てを行っていたことは周知の事実であった。このまま行けば、間違いなくサテリアジスが疑われることになる。

ただ、これについては、アイアールに何か良い考えがあるようだった。サテリアジスが具体的な方法を聞くと、ミクリア＝グリオニオの件が片付いてから教えると、彼女は答えた。

（ミクリア＝グリオニオ、か……）

緑髪の、農民の少女。

何故あの時、彼女に術が効かなかったのだろうか？

その理由を知るために。そして、サテリアジスの正体を目撃した彼女の口を「いかなる手段を用いても」塞《ふさ》ぐために。

サテリアジスとアイアールは、アビト村の門をくぐった。

3

ミクリア＝グリオニオは、王女様である。

――少なくとも、本人はそう思っている。

私は、さる国の王女であり、やんごとなき事情により、この村の入り口の、用水路の端っこに捨てられてしまったのだ。いずれ、栗毛の素敵な王子様が――婚約者である王子様が、私を迎えに来てくれる。そして私は王女に返り咲き、王子様と結婚して幸せに暮らすのだ。

……と。

それが妄想で終わるのか、それとも現実になるかはともかくとしてだ。

今の彼女は、馬糞《ばふん》の悪臭とオガクズの混じった空気の真っただ中で暮らす、ただの農民に過ぎない。

捨て子だった彼女を引き取った養父母は、初めのうちこそ、彼女を天からの授かりものとしてとても可愛がり、大事に育てた。

しかし、それはミクリアの知能に問題があることが判明するまでの間だった。

彼女は明らかに、他の子たちよりも、足りないところがあった。

皆ができることを、自分だけできない。それは幼いミクリアにとっても悩みであったが、そんな彼女を優しく見守り気を遣ってくれる環境に、彼女はいなかった。

十八歳になった今でも、ミクリアの心は子供のまま。そんな彼女を周りは邪魔者扱いした。

ミクリアもまた、周りの人間が嫌いだった。

こんな村など、すぐにでも飛び出してしまいたかった。

けれども、足りない彼女にはそんなこと、できるはずもなかった。

だから彼女は今日も、夢を見るのだ。

私は王女様で、いつか王子様が、迎えに来てくれると。

意地悪な継母《ままはは》たちから、救い出してくれると。

4

突然の領主の来訪に、アビト村の村長は戸惑いながらも、できる限りの笑顔で応じ、すぐにもてなしの準備をするように若い衆に命じた。

「いや、それには及ばない」

サテリアジスはそれを手で制し、気を遣わないでほしいと念を押した。

「言伝《ことづて》なく来たのはこちらの方だ。負担をかけてしまっては申し訳ない」

「はあ……しかしまた、どうして今日は突然、いらしたのですか？」

「領地の様子を把握しておくのも、領主の仕事の一つだ。僕が父の跡を継いでからこれまで、ろくに領主らしいことをしてこなかったからね。そろそろちゃんとしなくては、と思ってね」

「そうですか。それは良いことでございます」

年老いた村長は、先ほどよりもさらに笑顔になった。

「前領主のイーロット公も生前は、年に一度程ではありますが、この村に直接来ていただいて、税率や災害対策などについて、我々の意見などを聞いていただいておりましたよ。サテリアジス様も幼い時分に一度だけ、お父上に連れられていらっしゃったことがおありですよね。覚えておられますか？」

「……ああ。まあね」

サテリアジスは覚えていなかったが、村長に話を合わせることにした。

「あの頃から大層な美少年で、老いも若きも、女たちは浮足立っておりました。いまやこんなにご立派になられて、亡くなったイーロット公もさぞかし喜んで……お父上のことは、残念でございました」

その後、村長はイーロット公との思い出話について、長々と話を始めた。

サテリアジスは適当なところで切り上げてミクリアを探したかったのだが、村長は中々、彼を離そうとはしてくれなかった。

そんなこんなで一時間。

横にいたアイアールが、大きなあくびをした。

「まったく……要領の悪い奴だ。私は先に行っているぞ」

そうサテリアジスに告げると、赤猫はどこかへ走っていってしまった。

5

アイアールにとってアビト村は、大して面白味も興味を引くものもない、普通の農村だった。このような村は今までいくつも見てきたし、いくつも滅ぼしてきた。

(いっそのこと、この村も消し炭にしてしまおうか)

それが一番、手っ取り早いようにも思えた。そうすれば公爵の悪魔姿を目撃した証人ごと消してしまえる。

だが、アイアールは当分の間は、自分の魔術を行使しないことを決めていた。

「大罪の器」の初めての契約者である、サテリアジス＝ヴェノマニア。

彼がどのように動き、何を成すのか。

彼女はそれを、見届けたかったのだ。

（そもそも、この姿では魔術は使えんしな）

アイアールが普段操っている「少女の身体」は、今日は公爵の屋敷に置いてきた。

通常、赤猫の姿で行動するときは「身体」からあまり離れないようにしている。アイアールが操っていない時の「身体」はただの屍《しかばね》に過ぎず、非常に無防備な状態にさらされるからだ。

だが、今は屋敷にルカーナがいる。「身体」の世話は彼女に任せていた。公爵の傀儡《くぐつ》となったルカーナがアイアールの「身体」に危害を加えることはありえないし、もし「身体」に何かしらの危険が及んだ時は、命を賭《と》してでも守るように命じていた。

（仲間がいるというのは、便利なものよ）

アイアールとしても、ただ行動するだけならば赤猫の姿の方が身軽で、気も楽だった。彼女は軽やかに、村内を駆け抜けた。

とても小さな村で、人口も少ない。目当ての人物を見つけるのは、比較的たやすかった。

(……見つけたぞ、ミクリア＝グリオニオ)

ミクリアは、仕事をしている様子ではなかった。手ぶらで、鼻歌を歌いながら、どこかへ向かっていた。

「♪～わ・た・し～は～おーじょさま～～」

軽快なステップで、村の外れへと歩いている。

アイアールはこっそりと、彼女の後を尾けた。赤猫の姿では、ミクリアに対して何ができるわけでもないのだ。

(公爵め、まだあのジジイに捕まっているのか?)

公爵の手際の悪さに苛立ちはした。とはいえ、公爵の正体についてはまだ知られてはいないようだった。あの村長の様子は何よりの証拠ともいえるだろう。

ミクリアがあのことを誰にも話していないか、あるいは話しても信じなかったか——いずれにせよ、これはアイアールの予想通りであった。物証もなく、人が悪魔に変化していた、などと一農民が吹聴したところで、周りの人間がそう簡単に信じるはずもない。そもそも、あれが公爵であったことすら、ミクリアは気がついていなかったかもしれない。

(だからといって、いつまでも放置しているわけにもいかないがな)

アビト村の西の外れには、森が広がっていた。ミクリアはその森の入り口付近にまでくると、地面に跪いた。

そして、両手を顔の前で組み、お祈りを始めたのだ。

アイアールは彼女の背後で、その様子を眺めていた。

（森に祈り……なるほど、そういうことか。これは厄介だな）

国教であるレヴィン教には、三つの宗派が存在する。

レヴィア派、エルド派、そしてビヒモ派だ。

そのうちのビヒモ派は他宗派より「邪教」という扱いをされ、現在ではほぼ廃れてしまっている。

実際には水面下での活動が続けられており、そのような組織がアイアールの活動を陰で支援している母体の一つであったりするのだが……今はあまり関係がないので、ここでは省く。

ベルゼニア帝国におけるレヴィン教といえば、ほぼレヴィア派のことを指す。エルド派は隣国のエルフェゴートなどでは盛んだが、この国ではほとんど信仰されていない。

だが、今ミクリアが行っている「森への祈り」……、これはエルド派特有の信仰行動である。

エルド派の信仰対象である「地竜エルド」。この神が、姿こそ変われども現世に存在し続けていることを、アイアールは知っていた。エルドは巨大な樹に姿を変え、この世界を見守り続けていた。その本尊はエルフェゴートの「エルドの森」に存在する。

アイアールにとって厄介なのは、エルドがアイアールのような「her」や、それを生み出す力を持つ「大罪の器」をこの世から駆逐《くちく》しようと目論《もくろ》んでいる、ということだ。

そのエルドの信者であるミクリアに、公爵の「色欲」の術が効かなかった。

これはつまり――。

（エルドの奴が、何かしらの茶々を入れている、ということか。おのれ、忌々《いまいま》しい老神めが……）

アイアールはギリギリと音を立てて、歯ぎしりをした。

その音が聞こえたのか、ミクリアは不意に立ち上がると後ろを振り向いて、アイアールの方を見た。

そして一言、こう言った。

「あ、悪魔の手先だ」

悪魔とはおそらく、公爵のことだろう。その公爵とアイアールが会話をしているところは、ミクリアにも目撃されている。

あの時アイアールは少女の姿だったが、肩には本体である赤猫を乗せていた。だから、彼女がアイアールのことを「悪魔の手先」と呼んだのは、別に不自然なことではなかった。

「手先呼ばわりされるのは、いささか不本意だがな」

アイアールは思わずそう呟いた。彼女は別に、公爵の部下になった覚えはない。どちらかといえば、自分の方が立場は上だと、彼女は思っていた。

一方のミクリアは、軽く首をかしげながら、こう答えた。

「え～、でも～、猫といったらやっぱり、悪魔の手先でしょ？」

「ありきたりな偏見だな。そんなものは誰かが創作した物語に、後世の人間が影響されたに過ぎぬ」

「じゃあ猫さんは、悪魔の手先ではないの？」

「もちろんだ。私はむしろ、悪魔を使役する立場の――、っておい、ちょっと待て。おかしいぞ、これ」

赤猫状態のアイアールと会話できるのは、悪魔と契約した人間――つまり今は、公爵ただ一人であるはずだった。それ以外の人間には、彼女の声は猫の鳴き声にしか聞こえないはずだ。

――なのに何故、この女は自分と会話できているのだ？

「おい女。お前、どうして――」

アイアールはミクリアに尋ねようとしたが、それを遮るかのように、一人の男がその場に現れた。

「ああ、アイアール。こんなところにいたのか。ずいぶんと探したぞ」

公爵だった。

その次に彼は、アイアールの目の前にいる、ミクリアにも気がついた。

「……すでに見つけていたのか、アイアール」

公爵はミクリアに何か話しかけようとしたが、その前に彼女の方から口を開いた。

「あ！　悪魔だ！　悪魔の王子様‼」

その口調からは、恐怖心は感じられなかった。むしろ楽しんでいる風にも見える。

「そうか。やはり君は、僕の正体を見てしまった、あの少女なんだね」

「うん！　今日は王子様。普通の人間の格好なんだね！」

「……何故僕のことを『王子様』って呼ぶんだい？」

「だって格好いいから！　栗毛じゃないけど」

「僕のこと、怖くはないのかい？」

公爵の質問に、ミクリアは大げさに首を振って見せた。

「怖くないよ！　あの時はちょっとびっくりしちゃったけど、よく見ると格好良かったし。ああ、この人は王子様なんだな、って」

「王子様なら、怖くないの？」

「うん！　だって王子様は、私を幸せにしてくれるはずだから！」

ミクリアの陽気な態度に調子が狂ったのか、公爵は助けを乞《こ》うような目で、アイアールの方を見る。

「なあ、どうしようか、この子。もう一度、術を試してみるか？」

「……ちょうど人目もないし、やってみればいいさ。おそらくは効かないだろうがな」

公爵はミクリアの両肩を掴んで、彼女に顔を近づけた。

「可愛い顔をしている……成り行きとはいえ、これも運命の出会いだったのかもしれないな」

「……」

「今回はなるべく姿を変えないよう、心がけてやってみるかな」

ミクリアは抵抗することなく、ぼおっとした表情で公爵の顔を見つめていた。

「僕の目をよく見て……」

公爵の瞳が、徐々に赤く変わっていく。

それと同時に、公爵の背中がわずかに震えだした。悪魔化の予兆だ。しかし公爵が上手く抑えたのか、今回は翼も生えず、爪も伸びることはなかった。羊の角だけは控えめに、公爵の髪の中からわずかに顔を出していた。

静寂の中、二人は見つめあっていた。かすかな周波音だけが響いていたが、それはおそらく当事者の二人以外の耳には、届かない類のものであった。

しばらく経った後、公爵はミクリアの耳元で、こう囁いた。

「ミクリア、僕の屋敷へ一緒に、来てくれるかい？」

「……はい、行きます」

それが意外な返事だったのか、公爵はミクリアの肩を抱いたまま、再びアイアールの方を向いた。

「……効いたみたいだぞ」

「……効いたのか？　これは」

「……効いたんだろう、多分」

ミクリアが力いっぱい、まるでタックルのように、公爵の胸に飛び込んできた。

「ふっふ、王子様～～♪」

公爵はミクリアの頭を優しく撫《な》でた。

「よしよし、では、行こうか」

二人は抱き合った状態のまま、村に戻ろうとしたが、それをアイアールが引き留めた。

「ちょっと待て公爵。さすがに白昼堂々、連れ出すのはまずいぞ」

「それもそうだな。では、どうすれば……」

アイアールはミクリアの肩に飛び乗ると、彼女にこう囁いた。

「ミクリアよ。今日はこのまま一人で家に帰れ。そして夜中になったら、家の人間にばれぬよう、こっそりと抜け出すのだ」

「え～、でも私、王子様の家がどこにあるのか、わかんないよ」

「ならば、私もこの村に残ろう。夜中になったら、公爵の家まで案内してやる」

「わかった。お願いね～、手先さん」

ミクリアは名残惜しそうに、公爵から身体を離すと、そのまま村へと駆けて行った。

「お前にしては、ずいぶんと気を遣ってくれるじゃないか」

公爵がからかうような、そして少し不思議そうな口調でアイアールに言った。

「……あの女には、少々聞きたいことがあったのでな。ついでだ」

「そうか。では僕は一足先に屋敷に帰ることにするよ。ルカーナも待っているだろうしな」

そう言って、公爵も村に戻っていった。

一人——一匹残されたアイアールは、公爵の背中を見ながら、大きくため息をついた。

(私があの女と会話していたことに、疑問を持たないのか、あの男は……先が思いやられるな)

その日の夜中、アイアールに連れられてミクリアがラサランドの屋敷へとやってきた。

その後三日三晩、ミクリアとサテリアジスは存分に愛し合うこととなった。

ヴェノマニア・ハーレム
現在の人数・二名

第三章　グミナ＝グラスレッド

The Lunacy Of Duke Venomania

1

　その夜、儀式は行われた。

　屋敷の地下、その一室。ルカーナ、ミクリア、そして少女姿のアイアールが見守る中、サテリアジスは鞘から刀を抜き、それを頭上高く掲げた。

「気をつけろよ」

　アイアールがサテリアジスに忠告した。彼がかつてこの儀式に失敗し、記憶を失う羽目になったことを彼女は知っていたからだ。

「力の制御に細心の注意を払え。間違えれば術の効果は対象だけでなく、お前自身にも及ぶ」

「わかっているさ」

　サテリアジスは、アイアールに教えられた通りの文言《もんごん》を唱え始めた。

　魔道師でない彼は本来、魔術を扱うことができない。

　だが「大罪の器」があれば、別なのだ。

　サテリアジスに続いて、ルカーナとミクリアも、呪文の復唱を始めた。

　ルカーナはすらすらと唱え続けることができたが、ミクリアは何度もつっかえたり、言葉を間違えたりしたので、やがてアイアールは彼女に復唱を止《や》めさせた。

「……お前はここで、立っているだけでいい」

「……はーい」

刀が、鈍い光を放ち始めた。灯りの消された地下室の壁や暖炉が、その光によって照らしだされた。

「効果の範囲は……ラサランドと、その周辺だけで良いだろう。あまり広範囲になれば、失敗の可能性が高まる」

アイアールの進言通りに、サテリアジスは脳裏に、ラサランドの街並みと、アビト村の田園風景を思い浮かべた。

「では……いくぞ」

サテリアジスのその言葉を合図に、刀の光が盛大に拡散し、屋敷の外へと解き放たれていった。

光は膨れ上がり続け、やがてそれは非常に小さな、目に見えないほどの粒に分散した。

それらは上空から、ラサランドの町や、アビト村に降り注いでいった。

「……ふう」

儀式が終わると、サテリアジスはよろめきながら、椅子に腰を下ろした。

「大丈夫ですか？　ヴェノマニア様」

ルカーナは手早く水差しからコップに水を注《そそ》ぐと、それをサテリアジスに渡した。

「ああ。少し疲れたが、何も問題はない」

サテリアジスは水を飲み干した後、アイアールに尋ねた。

「これで、上手くいったのか？」

「うむ。おそらくはな。今日を境に、お前と女たちが接触していた事実は、人々の記憶から消去された」

ルカーナがサテリアジスの屋敷で服を作っていたこと、サテリアジスがアビト村を訪れたこと――これらはすべて「なかった事」になった。

サテリアジスの「色欲」の術で操れるのは本来、異性のみである。サテリアジスは男であるから、効果を発揮《はっき》するのは女性だけだ。

だが、たった今サテリアジスが行った「儀式」は、魔道師が扱う「魔術」の効果を「大罪の器」で増幅した特殊なものであったため、悪魔の能力に関係なく、男女問わずに効果がある術であった。

ただし、できるのはあくまで「ある特定の人物に関する一部の記憶を消すこと」だけである。

サテリアジスは前にも一度、この儀式を行っていた。彼がこの屋敷で引き起こした惨殺事件の直後だ。実の所、あの事件はアイアール以外にも何人かに目撃されていたからである。

そのままでは、彼が捕まるのは時間の問題だった。だから彼は悪魔との契約後すぐに、アイアールに教えられたこの儀式を実行したのである。儀式の結果、目撃者の記憶を消すことには成功した。だが、術の加減を間違えてしまったため、サテリアジス自身も記憶を失ってしまったのだった。

「おいそれと、濫用《らんよう》してよいものではないということだな」

サテリアジスは椅子の背もたれに身体を預けながら、息を吐き出すようにそう言った。

「その通りだ。基本はあくまで、人目に付かぬようことを為せ」

「承知した……ではミクリア、行くとしようか」

アイアールとの会話を切り上げ、サテリアジスは立ち上がると、ミクリアの腰を抱いて共にどこかへ行こうとした。

「ちょっと待て。どこに行くつもりだ」

大方の予想はついていたが、アイアールはあえて訊《き》いてみた。

「決まってるだろう？　寝室だ」

予想通りの言葉が、得意げな笑顔と共に返って来る。

「……だろうな。まったく、ふらついた足腰でまあ、よくも……」

「別腹ってやつさ。それとこれとはね。なんならお前も来るか？」

「……消し炭になりたいようだな」

「おっと、それは遠慮したいな」

サテリアジスとミクリアは部屋を出て、通路の闇《やみ》の中に消えていった。

2

今日もまた、新たな美女がサテリアジスの屋敷にやってきた。

ラサランドの東にリザ・アという町がある。ラサランドと同様、交易の盛んな町であり、東方文化の影響が色濃い町だ。

ローラン＝イブは、そのリザ・アにある大劇場に所属する花形の踊り子だった。彼女の美貌《びぼう》はラサランドでも時たま話題になるほどで、サテリアジスも一度、実際にこの目で見てみたいと常々思っていたのだ。

サテリアジスが訪れた時、大劇場は領主である彼のために特等席を用意した。確かに見晴らしは良かったが、ステージからは一番遠い所に位置していたのが、サテリアジスにとっては少々不満だった。

ショーが始まり、舞台に上がったローランを一目見て、サテリアジスはすでに彼女を三人目の愛人にすることを決めていた。浅黒い健康的な肌を持つ美女が舞い踊る姿は、彼女の見た目に反して非常に艶《なま》めかしく、魅力的だった。多くの男性を魅了するのも納得だと、サテリアジスは思った。

ショーが終わった後、サテリアジスは劇場の支配人に頼んで、ローランと引き合わせてもらった。

その二日後に、ローランは劇場から姿を消した。

「よく来たね、ローラン。さあ、おいで」

サテリアジスの手招きに応じてローランは素早く彼の胸に飛び込み、情熱的な口づけを交わした。

ローランはこれまでの二人と比べればだいぶ年上ではあったが、これまで男性経験がなかったようだ。もちろん、彼女に言い寄る男はたくさんいたが、ローランは鼻にもかけなかった。

それは貞操観念からでも、プライドの高さからでもない。——単に彼女がレズビアンであったからだった。

しかしそんな彼女の性癖も、サテリアジスの「色欲」の術によってあっさりと塗り替えられてしまった。ローランは今や、ただ一心にサテリアジスの愛と身体を求める純朴な乙女、そして、淫乱《いんらん》な売女《ばいた》と変貌していた。

「早くベッドに行きましょ、サテリアジス様」

「フフッ、僕もそうしたいが、それは夜のお楽しみとしておこう。まずは君に、この屋敷を案内するよ。この先ずっと、君が暮らしていく場所になる」

おあずけをくらったローランはふくれっつらになりながらも、おとなしくサテリアジスの後に続いて、屋敷の階段を下りて行った。

地下室は相変わらず無機質な内装であったが、所々に女性らしい飾り付けが為され、清掃も行き届いていた。ルカーナとミクリアが少しでも暮らしやすくなるようにと、自らの手で行ったことだった。

降りてきたサテリアジスとローランを、まずはツインテールの女性が出迎えた。ミクリアである。

「お帰りなさい、ヴェノマニア様！」

サテリアジスが地下に降りてくるたび、ミクリアは必ずこう言って彼を出迎えた。サテリアジスが実際にどこかから帰ってきた時も、そうではない時も、である。

ミクリアたちは、屋敷の一階に上がることを禁じられていた。だから彼女にとっては一階も「外の世界」の一つであった。そこから降りてきたサテリアジスは「外の世界」から帰ってきたことになる。だから、彼女は毎回「お帰りなさい」と言うのだ。

この屋敷にやってきた当初、彼女はずっとサテリアジスのことを「王子様」と呼んでいた。だがルカーナに何度もたしなめられたために、やがて「王子様」でなく「ヴェノマニア様」と呼ぶようになった。「サテリアジス様」でなく「ヴェノマニア様」なのは、ルカーナが指導したが故《ゆえ》、である。

「見て見て♪　この服。ルカーナが作ってくれたの！」

そう言うミクリアが纏っていたのは、服というよりもほとんど下着に近いような、肌を露出させたドレスだった。首元には彼女の髪色と近い、青緑色の花飾りをつけていた。

これは実の所、サテリアジスの要望により、ルカーナが仕立てたものだった。

ミクリアもルカーナも、この屋敷に来た時の格好は非常に質素で地味なものだった。どこかで新たに服を買ってきてもよかったが、ラサランドで一番大きな服屋といえば《オクト》であり、サテリアジスにとってもあそこに顔を出すのは少々気がひけた。あそこの店主はルカーナと近しい彼女の伯父で、記憶を消去したとはいえ、サテリアジスの顔を見た拍子にすべてを思い出す可能性も、ないとは言えなかった。

そこで、せっかくだからと、ルカーナに新たな仕立てを頼んだ、というわけである。そのデザインはサテリアジスの欲望を具現化したものであり、彼にとっては満足のいく出来だった。

「……だぁれ？」

ようやくローランの存在に気がついたのか、ミクリアの表情がやや固くなった。訝しげにサテリアジスに尋ねる。

「ローランだ。これからは彼女も、君たちと共にこの屋敷で暮らすことになる」

「あ、そうなんだ。よろしくね、オバサン♪」

ミクリアに悪気はなかったのかもしれないが、「オバサン」と言われてしまった今年で三十二歳になるローランの目尻《めじり》は、一センチほど吊り上がった。

「よろしく……。サテリアジス様も案外、悪趣味でいらっしゃいますのね♪　こんな田舎臭い小娘を、囲っていらっしゃるなんて」

今度はミクリアの眉《まゆ》が上がった。

ミクリアもローランも、お互いに笑顔であった。だが、いかんともしがたい空気が二人の間に漂い始めたことは、鈍感なサテリアジスでも気がついたので、早々にローランを連れて、ミクリアの前を立ち去ることにした。

次にサテリアジスたちは、厨房を訪れた。料理をする場所は一階にもあったが、この屋敷には使用人がいないため、そこは今では使われていない。女性たちの食事はもっぱらこの地下厨房で、ルカーナが毎日作っていた。

今日もそこでは、ルカーナが料理に精を出していた。ミクリアと同じようなセクシーなドレスを着ていたが、さらにその上に、エプロンをつけている。本来のルカーナならば、このような娼婦《しょうふ》まがいの服を作るのはともかく、自ら着ることなどありえないことだったろう。

「あら、ヴェノマニア様。そちらは……新しいお方かしら？」

ルカーナは料理の手を休め、サテリアジス、そしてローランに礼儀正しく挨拶した。ミクリアとは違って、ローランに対しての警戒心はなさそうであった。

「また、賑やかになりますね、フフ。……あ、そうそう、ヴェノマニア様」

ルカーナは不意に何かを思い出したような顔をし、厨房の机に置いてあった、数冊の本をサテリアジスに手渡した。

「先ほど、この地下の一室で見つけました。ずいぶんと古いもののようですけど」

「へぇ……どの部屋でだい？」

「一番奥の、鉄格子のかかった部屋です。先日、ようやく合鍵を見つけたので、中の掃除をしていたところ、それが……。一番上にあったものの、最初の数ページだけ読んでみましたが、どうも誰かの日記のようです」

ルカーナは庶民としては珍しく、簡単な文字ならば読むことができた。仕立屋という仕事の関係上、必要だったからだろう。

「ありがとう。後で読んでみることにするよ」

サテリアジスの——彼自身の日記は、相変わらず見つからないでいた。そのことを以前、ベッドの上で、ルカーナに漏らしたことがあった。彼女はそれを覚えていたのだろう。

(とはいえ、あんな場所にあった日記が、僕のものとも思えないがな)

その後、二、三言、ルカーナと会話を交わし、厨房を後にした。

「さて、と」

「これで全員ですか、サテリアジス様」

「いや、もう一人いるんだが……ま、あれは別にいいだろう」

「あら、せっかくですから、その方もご紹介いただきたいですわ」

「……気は進まないが、わかったよ」

ローランにせがまれたので仕方なく、サテリアジスはある一室に彼女を連れていった。

ドアをノックしたが、返事はない。

「アイアール、入るぞ」

サテリアジスは部屋主の了承を得る前に、ドアを開けて中に入った。

アイアールはそこにいた。少女の体を操り、黙々と、容器に入った泥のようなものを杖の先端でこねていた。

「……何だ?」

サテリアジスの姿に気がついたアイアールは、泥をこね続けながら不機嫌そうにそう呟いた。

「僕に新たな妻ができたのでな。紹介しに来た」

サテリアジスが促すと、背後に立っていたローランが会釈した。

「ローラン＝イブと申します」

「……リザ・アの踊り子か。まあ、よろしくな……これで三人目か」

「いや、四人目だ。お前も含めてな」

「私を勝手に頭数に入れるな」

「お前はいつまでたっても、僕に身体を許してくれないからな」

「……消し炭になりたければ、試してみるがいいさ」

サテリアジスを一睨みすると、アイアールはまた無言になってひたすら、泥をかき回し続けた。

「何かの魔術の準備か？」

サテリアジスの質問にも、アイアールは手を止めることなく、答えた。

「……まあ、そうでもあるし、そうでないともいえる」

「気になるな。詳しく教えてくれよ」

「……お前には関係のないことだ……いや、なくはないのか……」

「そんな言われ方をされちゃあ、ますます気になるじゃないか」

サテリアジスはしつこく食い下がったが、そのうちアイアールに「気が散る。出てけ！」と一喝されたため、おとなしくローランと共に部屋を去った。

最後にサテリアジスは、ローランを空き部屋の一つに案内した。

「ここが君の部屋になる」

「まあ、ずいぶんと広いんですのね。……少々、殺風景ではありますけど」

部屋にはベッドが一つ置かれているだけで、他には何もない。

「欲しいものがあれば言ってくれ。すぐに揃《そろ》えてあげるから。さて……では始めようか」

サテリアジスはローランを、ベッドに押し倒した。

「あら？　まだ夜には早いのではないですこと？」

「言ってなかったか？　この地下には窓がない。つまり――いつでもここは、夜の世界なのさ」

アイアールは練り終えた泥を、あらかじめ用意していた型に流し込んだ後、余計な泥を再び容器に流し出した。

(……しばらくは、乾燥の時間だな)

布きれで手に付いた泥を拭った後、椅子に腰かけ、一息つく。

(この場所でできるのは途中までだな。本格的な工程は……ギネの工房が確か、この町にあったな。あそこの窯《かま》を借りるとするか)

彼女は、ある物を作ろうとしていた。そのきっかけには、ミクリア＝グリオニオの存在が関係していた。

(本人には自覚がないようだが……まさかあの娘の正体がアレだとはな。少々……いや、かなり驚かされたぞ)

人の身体は、アイアールにとっては操り人形に過ぎない。だがそれでも操っている間は疲れもするし、労働をすれば腰も痛くなる。アイアールは疲労を緩和《かんわ》しようとするかのように、腕を広げて伸びをした。

(それに、ルカーナ＝オクト……あれもまた、中々の素材のようだ。この、ハル＝ネツマの身体と同様……いや、それ以上かもしれぬな)

潜在魔力の高さ。アイアールの傀儡となる媒介《ばいかい》として、重要となる才能である。ルカーナはそれを持ち合わせていた。

（もし、今の身体が駄目になるようなことがあれば、代わりにするのも良いかもしれんな。新たな人形として――人形、人形か、フフフ……）

アイアールは楽しそうに、部屋の隅に置かれた、泥を流し込んだ型を見つめた。

3

〈10がつ1にち

みはりばんのひとがもじのかきかたをおしえてくれたので、きょうからにっきをかきはじめます。ろうやのなかは、きょうもくらいです。

そとのせかいにはたいようというものがあって、らんぷのひかりよりも、もっとあかるいらしいのですが、ぼくはそれをしりません。

いちどでいいから、みてみたいな。

10がつ2にち

きょうもろうやはくらいです。
みはりばんのひとに、きのうかいたにっきをみせました。
とてもよろこんで、「もっとむずかしいもじもおしえてあげる」といっていました。

10がつ3か
ろうやはあいかわらずくらいです。
きょうはおとうさんがろうやのまえにきました。
みはりばんのひとと、なにかをはなしていました。
ぼくにはなにもはなしかけずに、かえっていきました。

12月11日
ろう屋はいつもどおり暗いです。
だいぶさむくなってきました。
見はりばんの人が、食じをすこし多めにくれました。

「こどもはたくさん食べろ。そうしないと大きくなれないぞ」と言っていました。

でも大きくなったところで、どうせぼくは外には出られません、きっと。

12月25日
ろう屋は暗いです。

まよいこんできた2ひきの虫が、すみの方でけんかをしていました。

ぼくも見はりばんの人と、少しけんかをしてみました。

でもあの人は怒らないで、ずっとえがおのままだったので、けんかになりませんでした。

1月16日
牢屋は暗いです。
今日も寒かったです。

2月2日
牢屋は暗い。
外に出たい。

〉

……日記はまだ続いていたが、サテリアジスはそこで一旦《いったん》、本を閉じた。

ルカーナが見つけた、誰のものかもわからない日記。サテリアジスはそれを自室で読んでいた。

日記を書いた者は、この屋敷の地下に閉じ込められていたようだ。文面から察するに、おそらくは年端もいかぬ少年だろう。

(この屋敷に誰かが幽閉されていた？　いったい誰が、何のために？)

サテリアジスには彼に関する記憶がなかった。思い出せないでいるのか、それとも元々、知らされていなかったのか、それすらもわからなかった。

日記はほぼ毎日、書かれていたが、大概は特に中身のない、雑多な内容だったため、サテリアジスは適当に飛ばし飛ばし、読み進めていた。

やはりこれはサテリアジスの日記ではなかったようだが、その内容には中々、興味を引かれるものがあった。

日記の主は、もうこの屋敷にはいない。

（あの事件の時に、僕が殺した？　……いや、あの地下室はもう長い間、使われていない様子だった。おそらくはあの事件の、ずっと前から。だとすれば、少年はもっと前に、解放されたか……死んでしまったか）

サテリアジスは椅子を立った。

（まあ、また暇な時にでも、読み進めるとするか）

部屋のドアに手をかけた。そろそろ、睦事の時間だ。

（今日は誰にしようか。ルカーナかミクリアか。ローラン……は先ほどまで相手をしていたしな……いっそのこと四人で、というのも悪くないな）

サテリアジスは熟考《じゅっこう》しながら、部屋を後にした。

4

ある日の夜。

グラスレッド侯爵は、目下、アスモディン地方で起こっている、とある問題に頭を悩ませていた。

（これで、四人目か……）

先日、アスモディン地方中央部・エヴネミで暮らす二十八歳の占い師、ミリガン＝アディが行方不明になった。かの高名な魔道師の弟子を自称していた人物で、その占いの信憑性《しんぴょうせい》には評価が分かれていたようだが、美人ゆえに足しげく通う男性客は多かったようだ。

ミスティカのルカーナ＝オクト、アビトのミクリア＝グリオニオ、リザ・アのローラン＝イブ、そしてミリガン。短い期間で、これだけの人間がアスモディンで姿を消した。

彼女らに共通するのは「女性」であることくらいである。それぞれ職業も住む場所も違い、お互いに面識もないはずであった。

同じ犯人による仕業なのかどうかはわからない。それどころか、事件であるのかもまだ、定かではなかった。

しかし、代理とはいえアスモディン地方を預かる身としては、放っておくわけにもいかなかった。

ヴェノマニア公爵家を襲った犯人もいまだ、見つかっていないままである。グラスレッド侯爵の考えるアスモディンはそれなりに平和で穏やかな土地であったはずなのだが、最近はどうも、キナ臭いことが多くなってきていた。

(他国の工作員による策略……というのは、考え過ぎか)

大帝国・ベルゼニアの北部に位置するアスモディン地方は、多くの国と国境を接している関係上、交易の要《かなめ》であると同時に、軍略的にも重要な土地であった。

他国とは今のところ、友好、あるいは中立関係を保っているが、それはあくまで表向きであり、裏で攪乱《かくらん》工作が行われていたとしても不思議ではない。もしベルゼニア帝国が他国と戦争になった時、真っ先に攻められるのはここ、アスモディンであるからだ。

(軍備の増強も推し進めた方がよいのかもしれんな。それと、この連続的な女性失踪については一応、皇家に報告しておいた方がいいか……いや、その前に、まずは若ヴェノマニア公に、だな)

先代領主・イーロットの死後、アスモディンの政務に関してはグラスレッド侯爵が代行していたが、ここの正式な領主はあくまで侯爵の甥《おい》でもある、サテリアジスなのだ。

(あいつも最近では引き籠るのをやめ、ラサランドや周辺の町に顔を出していると聞く。そろそろ事件で負った心の傷も癒《い》えてきているのかもしれん。まだ本格的な政務を行うのは無理だろうが……領主である自覚は持ってもらわんとならん。アスモディンの……そして儂《わし》の今後のためにも、な)

グラスレッド一族の祖は、元をたどればエルフェゴートからの移民であった。民族差別の少ないべルゼニア帝国内であっても、今以上の出世を望むのは少々、分不相応であると、侯爵は若い頃から親族に言い聞かされてきたし、彼自身もそれをわきまえていた。

だが「五公」と呼ばれるベルゼニア中枢貴族の一つであり、国内における影響力も大きいヴェノマニア家に妹が嫁入りしたことで、公爵家にグラスレッドの血が混じることとなった。

サテリアジスが立派な領主として大成してくれれば、グラスレッド家のさらなる繁栄が期待できるだろう。

(あの事件のせいでうやむやになっていた、若公爵とあれとの縁談話についても、そろそろきちんと確認しておいた方がいいな)

グラスレッド侯爵としてはヴェノマニア家との血のつながりを、より盤石《ばんじゃく》なものにしたいと考えており、そのためにかねてから進めていた計画があった。

侯爵は自室を出ると、早足で廊下を練り歩きながら、大声をあげた。

「グミナ！　グミナはおるか！」

その声に応じて、廊下の陰からゆるりと、彼の娘が現れた。

「グミナはここにおります、お父様」

短めの緑髪を揺らしながら、物静かに彼女はそう、父親の呼びかけに応じた。

「おお、そんなところにおったか、グミナ。今からヴェノマニア公の屋敷へ行く。お前も一緒に来るんだ」

「ヴェノマニア公のお屋敷……ですか？」

戸惑いがちに顔を伏せたグミナを見て、グラスレッド侯爵は苛立《いらだ》ちを募《つの》らせた。

「本来ならば事件の後、お前がヴェノマニア公を支えてやらねばならなかったはずだというのに。お前ときたら一度も屋敷に行かず、ヴェノマニア公と顔を合わせようとせん。まったく、不出来な娘を持つと苦労する」

「それは……わたくしにも色々、事情というものが――」

「ヴェノマニア公自身が周りから人を遠ざけていたから、儂も今まで見過ごしてきたが、もう限界だ！婚約者としての義務を果たせ！　行くぞ、さっさと支度するんだ！」

「……わかりました」

父親の叱責《しっせき》を受けて、覚悟を決めたのかグミナはおずおずと従い、サテリアジスの屋敷へ赴《おもむ》くこととなった。

5

サテリアジスにとって女性とのつながりは、もはや食事や呼吸と同様の、日常生活を送る上でのごく当たり前のものとなっていた。

現在、屋敷の地下には五人の女性がいる。そのうちの（アイアールを除いた）四人と毎夜のように戯《たわむ》れ、快楽にふけっていた。

それはもちろん、自ら身に宿す悪魔の力を弱めないためでもあった。

だが、そのためだけならば、相手の女性が複数である必要はない。サテリアジスの人並み外れた情欲を、一人で受け止めきれる女性がこの世に存在するかは定かではないが。

サテリアジスとて、むやみやたらと女性を籠絡しているわけではなかった。四人のことをサテリアジスは等しく、本気で愛したからこそ、屋敷に招いたのだ。

――正確には、ミクリアだけは多少、成り行き上で、という部分もあったが。

（複数の女性を同時に愛する。それが背徳であるなどと、誰が決めた？　教会か？　政府か？　それとも神か？）

いずれにせよ、悪魔と契約を交わしたサテリアジスに、従う道理はなかった。

その日、ミリガンとの情事を終え、彼女の部屋を後にしたサテリアジスの前に、赤猫が現れた。

「来客のようだぞ、公爵」

彼女はそう言って、鼻先で天井を差した。

「来客？」

「今、正門の前にいるのを見かけた。例の……お前の伯父上だよ。同行人も幾人かいたが」

「へえ……ちょうどいい。そろそろグラスレッド侯とは、会わなければならないと思っていたところだ」

サテリアジスは身だしなみを整えると、一階へ上がった。

玄関ではすでにグラスレッド侯爵が、サテリアジスを待ちかまえていた。

「お待たせしてしまい申し訳ない、伯父上」

「おお、サテリアジス様！　申し訳ないが勝手に入らせていただきましたよ。ほら、この屋敷には使用人が……おりませんでしょう？」

弁解か、それとも嫌味なのか。サテリアジスは害された感情を表に出さず、平然とした顔で彼を出迎えた。

（やはり、どうも苦手だな……この人は）

成り上がり者特有の下品さが、グラスレッド侯からはにじみ出ているような気がした。それがどうにも、サテリアジスには耐えられなかったのだ。

「それで、どうしたのですか今日は？　……こんな夜遅くに」

「なに、久しく顔を出していませんでしたのでな。様子を見に来たのと……いくつか、話したいこともございましてな」

ならば、こんな夜中でなくとも良いだろうに――サテリアジスの苛立ちは増していたが、今はこちらもグラスレッド侯爵に、聞きたいことがあった。だから我慢して、彼を奥に通すことにした。

「とりあえず、応接室で話をしましょう」

応接室は一階の、玄関ホールを右に抜けた先にある部屋だ。ルカーナがハーレム入りする前に掃除したきり手つかずの状態で、サテリアジスもあまりそこには出入りしていなかったので、それなりには小綺麗に片付いているはずだった。

「では、お邪魔しますよ……グミナ、お前も入れ」

「！」

（『グミナ』……!?）

まさにサテリアジスがグラスレッド侯爵に尋ねようとしていた名前が、彼の口から出てきた。

そして、外から顔をのぞかせたのは――。

「……ご無沙汰《ぶさた》しております、サテリアジス様」

純白のドレスに、大きな花飾り。緑の髪。

彼が心の中で思い描き、探し求めていたあの『グミナ』、そのままの姿であった。

屋敷を訪れたグラスレッド侯爵の話とは、つまりはアスモディンで起こっている女性連続失踪事件についての報告だった。

もちろん、サテリアジスが引き起こしている事件である。

侯爵はサテリアジスが犯人だとは、まったく感づいていないようだった。

ルカーナやミクリアの件については「儀式」によって関係者の記憶を消しているし、それ以降は目撃されぬよう、なるべく慎重に事を運んでいた。だから当然と言えば当然であったのだが、それを侯爵の口から確認することができたので、サテリアジスはいささか、安堵《あんど》した。

事件の話よりも、サテリアジスは侯爵が連れてきたグミナに目を奪われていた。

やはり、彼女はグラスレッド家の関係者だった。それどころか、家長である侯爵の娘だったのである。

（こんな近しい所にいたのに、今まで見つけられずにいたとは……）

サテリアジスの目線に気がついたのか、グラスレッド侯爵はニヤツキながら、こう切り出してきた。

「記憶は戻られましたのかな？」

「いや……まだ、完全には」

その答えは、侯爵にとっては予想外だったらしく、彼は失望の表情を隠さなかった。

「……では、娘の、グミナのことは……」

「顔は覚えていました。ですが、それ以上のことについては……。あなたの娘だというのも、今、こうして、実際に会うまでは忘れていたくらいです」

「そうですか……。しかし、ならばこうして連れてきたのは、やはり正解でした」

グラスレッド侯爵は横に座るグミナの方を向き、こう言った。

「グミナ。お前は今日からここで、サテリアジス様と一緒に暮らすのだ」

「え⁉」

「え⁉」

グミナとサテリアジス、二人が同時に驚きの声をあげた。

「何もおかしいことはあるまい。二人は婚約しているのだからな」

「婚……約⁉」

（僕とグミナは……許嫁《いいなずけ》だったというのか⁉）

それはサテリアジスにとっては意外な事実であったが、同時にわからなくなったことがあった。

記憶を失ったサテリアジスの脳裏に度々、浮かんでは消えた、グミナとの会話。

その中で、彼女は冷たい視線でサテリアジスを見下ろし、彼を口汚く罵《ののし》っていた。

――二人が婚約していたというなら、あれはいったいなんだったのか。

サテリアジスとグラスレッド侯爵との対話の間、グミナはずっと物憂《ものう》げな顔で、俯き加減で黙ったままだった。

これが婚約者を目の前にした女性の態度であろうか？

そもそも何故、彼女は今の今まで、サテリアジスに会いにこなかったのか？　婚約者が、家族も、記憶も失って一人さみしく屋敷に籠っていると聞けば、真っ先に駆けつけるはずではないのか？

（君は僕を……愛していなかったというのか？　グミナ）

その途端、サテリアジスの心に湧いてきたのは、グミナへのたまらないほどの愛情と、それと相反するような、激しい憎悪だった。

（何が……僕とグミナの間に……何があったというのだ⁉）

「どうしましたか？　サテリアジス様。お加減でも悪いのですか？」

グラスレッド侯爵の呼びかけによって、サテリアジスは我に返った。

「あ……ああ、すみません」

「明日にでもさっそく、グミナの身の回りの品を、この屋敷に運ばせましょう」

「いや……それはちょっと、待ってください」

サテリアジスは内心慌てて、グラスレッド侯爵の提案を制した。地下には女たちがいる。グミナに来られたら、すぐに見つかって、そのことが白日の下にさらされてしまうだろう。

「前から言っておりますが、僕は当分この屋敷に、一人で暮らしたいのです」

「まだ、そんなことを……！　最近では、外にも出るようになったと聞いておりましたのに……」

「それとこれとは話が別です。とにかくもう少し……時間をください」

「なんと物わかりの悪い……サテリアジス様、あなたはこのアスモディンを統治するお方なのですぞ！　このような状態では体裁が悪いこと、あなたでも理解できるでしょう‼」

グラスレッド侯爵は立ち上がり、怒りをあらわにしてサテリアジスを怒鳴りつけた。

しばし、場に沈黙が流れた。

気まずい雰囲気に耐えかねたのか、グミナが初めて、口を開いた。

「お父様……サテリアジス様のご傷心は、我々が思っている以上に、深いご様子です。無理矢理に話を進めるのは、やはり――」

「お前は黙っとれ‼」

娘の進言に激高《げっこう》し、グラスレッド侯爵の怒りの矛先が、グミナに向いた。

だが、娘に叫んだことで多少なり冷静になったのか、彼は「ふうう」と大きくため息を吐くと、大きな音を立てて椅子に再び座った。

「……まあ、いいでしょう。しかしサテリアジス様。時々でいいのでグミナとは会ってやってください。娘とあなたは、幼い頃からの付き合いだ。話をすることで記憶を取り戻すきっかけとなるかもしれませんからな」

それはサテリアジスにとっても望むところだった。彼女には聞きたいことがたくさんあった。

「グミナも……よいな?」

父親からの問いにグミナも頷き、了承した。

「うむ……さて、ではそろそろ失礼させていただきます。儂は明日も、朝から政務がありますからな。あなたは今のうちに、余暇《よか》を楽しんでおられるがよい。儂が今していることは、いずれはサテリアジス様――いえ、ヴェノマニア公、あなたがやらねばならぬことなのですからな」

最後に嫌味を言った後、グラスレッド侯爵はグミナや侍従《じじゅう》たちと共に、屋敷を去っていった。

6

三日後、サテリアジスとグミナは、町で会うこととなった。

地下ハーレムのことがあるから、サテリアジスの屋敷で会うわけにもいかなかった。かといってグラスレッドの家――あの侯爵の目のある場所で彼女と会うというのも、サテリアジスとしては気が進まなかった。どうしたものかと思っていたところにグミナが提案してきたのが、ラサランドの町中でのデート、だった。

彼女曰《いわ》く、二人は幼い頃から、よくお互いの屋敷を抜け出しては町で遊んでいたらしい。その時と同じように町を出歩けば、何か思い出すかも、ということのようだ。

　とはいえ、二人だけで、護衛もなしに町を歩くことを、グラスレッド侯爵は許さなかった。これまで散々一人で出歩いていたサテリアジスにとっては、今さら、という感じではあったが、今回はグミナも一緒なため、あまり強くも出られなかった。

　そこで妥協案として、二人のデートには付き人兼ボディーガードとして、グラスレッド家の侍従が一人、付き添うこととなった。

「ご無沙汰しておりますヴェノマニア公。カロル＝シールズです。お二人の邪魔にならないよう心がけますので、よろしくお願いいたします」

　彼女が頭を下げると、後頭部で結ばれた艶《あで》やかな赤毛がはらりと、前方に垂れた。スレンダーなボディは護衛としては少々、頼りないようにも思えたが、これでもそれなりに武芸の腕には自信があるとのことだった。

「私のことは……覚えておられますか？」

　そう言われて、サテリアジスは懸命に記憶をたどってみた。

　何となくだが、その顔には見覚えがあった。

「確か……いつもグミナと一緒にいた……赤毛の……」

「そうですそうです！　その赤毛のカロルです。グミナ様には三年前より、侍従として仕えさせていただいております」

カロルがパッと顔を輝かせた。

「そうだったな……確か、そうだった。まあ、よろしく頼むよ、カロル」

「はい！」

カロルは元気よく返事した。その活発さがサテリアジスには可愛らしく感じられた。思わずその場で口説いてしまいそうになったが、グミナも一緒にいるのにさすがにそれはまずいと、襟を正した。

「じゃあ、行こうか、サティ」

グミナの口調は屋敷で会った時よりも、ずいぶんと親しげだった。

（サティ……そうだ、僕は彼女から、そう呼ばれていたんだ）

その響きに懐かしさを感じたから、きっとそうなのだ。屋敷の時は、グラスレッド侯爵や侍従たちの目を気にして、敬語だったのだろう。

その時とは違うものだったが、グミナは今日も白のドレスを着ていた。

（そう、グミナはいつもそうだった。白い服がお気に入りだった）

ラサランドの町には「工房街」と呼ばれる、職人たちの店が連なる通りがあった。ラサランドの市場はいつでも人が賑わう場所であったが、この工房街もまた、それに負けない熱気にあふれた場所であった。

生活に必要な家具や食器といった調度品、装飾品や芸術品まで、様々なものが作られ、あるものは市場で売られ、あるものは荷馬車に乗せられて国外へ輸出される。

鉄がハンマーで打たれる甲高い音、窯の中から聞こえる火花の散る音、どこかの親方の怒声……それらがまぜこぜになり、工房街は喧騒《けんそう》に包まれていた。

ここに来るまでの間、サテリアジスとグミナの会話はあまり弾まなかった。

彼女からの話はたわいもない世間話に終始したし、サテリアジスとしても聞きたいことは山ほどあったが、いかんせん二人の後ろに、常にカロルが控えている状態では、中々突っ込んだ話は切り出せなかった。

工房街に来たのは、グミナからの提案があったからだった。

「あまりデートに適した場所には思えないけどね」

サテリアジスは素直にそう言った。だがそれと同時に、なんとなく懐かしい気分が心の中からあふれてきたのもまた、事実だった。

「思い出せない？　サティ。わたくしたちはね、いつもここで遊んでいたの。職人さんたちに『邪魔だ』って怒鳴られながらね」

初老の男性が一人、路上の片隅を陣取って絵を描いていた。グミナはそれを見つけると、彼の元へ駆け寄り、話しかけた。

「こんにちは、お爺《じい》さん」

「おお、嬢《じょう》ちゃん、久しぶりだね。そっちにいるのは……公爵家の坊主か」

サテリアジスとカロルも、絵描きの元へ近づいていった。

グミナは絵描きのキャンバスを覗《のぞ》き込んだ。

「今日も工房街の絵を描いてるの？」

「そうだ。まあ売り物にはならんがな。いつも人物画ばかり描いていると、たまにはこういった風景画もやりたくなる」

グミナはキャンバスから顔を離すと、サテリアジスの顔を見た。

「わたくしはこうやって、このお爺さんの絵を見るのが好きだった。サティはギネ工房をよく見ていたよね。『男の子なのに人形工房が好きだなんて、変なの』ってわたくしが言ったらすごく怒って」

「そうか……そうだったかもしれないな」

そうは答えたものの、サテリアジスにはいまいちピンときていなかった。

（僕が人形好き……そうだったか？）

グミナはふいに西の空を、物憂げな眼で見上げた。そちらは、サテリアジスの屋敷がある方角だった。

「それから……あの人はいつも、鍛冶屋を覗き込んでいたな」

グミナの言葉を聞いた絵描きが、キャンバスに絵を描き続けながらも、目尻を下げて少し、寂しそうな顔をした。

「あいつは死んじまったんだってな。お前たち、仲良しの三人組だったのになあ……」

「ちょっと待て」

サテリアジスがグミナの右手首を掴んだ。

「誰のことを言っている？　『あの人』って、誰だ？」

それを聞いたグミナが、心底驚いたような顔をした。

「まさか……あの人のことも……ケリーのことも、忘れてしまったっていうの？」

「ケリー？　……誰だ、それは――」

グミナは突然、サテリアジスを路地裏に押し込み、カロルのことを一睨みした後、自らも路地裏に入り込んできた。カロルはグミナのただならぬ空気を察し、気を遣ったのか後を追ってはこなかった。

「おい、一体どういう――」

グミナは驚くサテリアジスの胸に飛び込み、小声でこう囁いた。

「ケリーは……ケルビムは、あなたの……お兄さんよ」

7

その日の夜、サテリアジスは再び、自室で例の日記の続きを読みはじめていた。

机の傍《かたわ》らには、一枚の肖像画が立てかけられていた。そこには、若い男性が描かれている。

先ほど屋根裏部屋で見つけ、ここまで持ってきたものだ。

サテリアジスは日記のページを飛ばし飛ばし読み進めていき、やがて、あるページを開いたところで手を止めた。

（……あった。このページだ。ここからだ）

そこには、牢屋に閉じ込められていた少年の元に、一人の男の子がやってきたことが書かれていた。

〈123年7月19日
牢屋は暗く、蒸し暑い日でした。
今日は、サテリアジスという名の男の子が、牢屋を訪ねてきました。
驚いたことに、彼は僕の弟なのだそうです。
僕とは母親が違うので、腹違い、というやつなのだそうです。

１２３年７月31日
牢屋は暗く、暑い日でした。
サテリアジスがまたやってきて、初めて見る食べ物を僕にくれました。
とても甘くて、おいしかったです。
見張り番の人はただ黙っていました。

１２３年８月３日
牢屋は今日から、少しだけ明るくなりました。
サテリアジスが大きなランプを、牢屋の前の天井につけてくれたからです。
最新式のやつなんだそうです。
サテリアジスは鉄格子の前に座り込んで、色々と外の話をしてくれました。
見張り番の人はただ黙っていましたが、少しだけ笑顔でした。

123年8月29日
サテリアジスは今日もやってきて、色々と質問をしてきました。
辛くはないの？　とか、外に出たくはない？　とか。
見張り番の人がいるから、辛くはありませんでした。
でも、外には出たい、と答えました。

123年9月7日
今日は初めて、牢屋の外に出ました。

サテリアジスが連れ出してくれたのです！

彼は見張り番の人に、何かを渡そうとしていましたが、見張り番の人はそれを受け取りませんでした。

黙っていますから安心してください、と見張り番の人はサテリアジスに言っていました。

何もかもが、初めて見るものばかりでした。

でも、聞いていたのとは違って、それほど明るくはありませんでした。

サテリアジスは、夜だから仕方がないよ、といっていました。

123年10月10日
今日もサテリアジスと、外で遊びました。

色々な建物を、覗いて回りました。

他よりも明るい建物が一つあって、僕はそこが気に入り、ずっと窓から覗いていました。

中では男の人たちが道具を使って、光るものを叩いていました。

123年10月16日
新しい友達ができました。

グミナという女の子です。

外で彼女と会った時、サテリアジスは気まずそうな顔をしていました。

僕と外に出ていることは、誰かに見つかってはいけないことだったからです。

だけど、グミナは告げ口をしないと約束してくれました。

今度からは、三人で遊ぶことになりました。

――――――――〉

……そこからは、三人で楽しく遊んでいる様子が、最後のページまで書き続けられていた。

サテリアジスは確信した。

この日記を書いたのが、兄・ケルビムであるということを。

サテリアジスは日記を閉じると、机の横に置かれていた肖像画を手に取った。

使用人服を着た、長髪の男性。

昼間に会ったあの絵描きが書いた、兄の絵だ。

ケルビムはこれを絵描きから貰い、自分の居室である、あの屋根裏部屋――使用人部屋に置いていた。

（ケルビムは大人になって、牢屋から解放されたのだ。ただしヴェノマニア家の子としてではなく、使用人として）

肖像画の絵は、自分に似ているような気もした。だが、肝心の顔は長い前髪で隠れており、よくわからない。

（僕はこんな大事なことを――兄のことを、忘れているというのか）

グミナから話を聞かされても、日記を読んでも、そしてこうして肖像画を見ても、サテリアジスには実感が湧かなかった。ケルビムのことはそれほどすっぽりと、サテリアジスの記憶から抜け落ちていたのだ。

肖像画を眺め続けた結果、サテリアジスから湧き上がってきたのは、彼に関する記憶ではなく――。

強烈な、嫌悪感だった。

（なんだ、この感情は……僕は彼を、兄を――憎んでいた？）

だんだんと、頭が痛くなってきた。サテリアジスは肖像画を床に落とすと、その場にうずくまってしまった。

頭痛は治まらず、むしろどんどん増していく。

（また……あの光景が……）

彼の脳裏に、グミナの顔が浮かんできた。

それは昼に会った顔ではなく――過去の、彼のことを嘲《あざけ》り笑った、あの顔。

それと同時に、彼女の声も聞こえてきた。


「……うるさいなあ」

「どうしてそんなに鈍感なの？」

「本当は最初から嫌いだった」

「あなたが側にいるだけで虫唾が走る」

「気持ちが悪くてたまらない」

「わたくしが愛しているのはあなたじゃない」

「――そう、あなたもよく知っている、あの人よ」

「わたくしはあの人と結婚するの。だからもう――」


「その醜い顔を近づけるな」


――ほどなくして頭痛は治まり、サテリアジスは立ち上がった。

彼はすべてを理解した。

（グミナは……僕ではなく、兄を選んだ）

ヴェノマニア家の跡取りであるサテリアジスではなく、使用人であるケルビムを。

（だから僕は、兄を殺した？　使用人たちや、自分の家族と共に？）

そうだった気もするし、そうでないような気もした。

（だが、そんなことはもう、どうでもいい）

サテリアジスは目を閉じ、自分の中の「悪魔」を呼び起こした。

（『悪魔』よ。今宵は久々に暴れるぞ）


……まあせいぜい、存分に我を楽しませてくれ

次の瞬間、サテリアジスは悪魔の姿に変貌していた。

確かなことが、一つだけある。

サテリアジスは、グミナを――彼に向かなかったグミナの愛を手に入れるために、この力を手に入れたのだ。

8

グミナを手に入れるためだけならば、わざわざこんな手段をとる必要はなかった。

いつも通り、彼女を人目に付かないところに呼び出し「色欲」の術をかければ良いだけの話だ。

だが、今夜のサテリアジスの心は、昂《たか》ぶってしまっていた。

その昂ぶりは、悪魔の力を駆使することでしか、治まらないような気がしたのだ。

血まみれで倒れ込む目の前の番兵を眺めながら、サテリアジスはこう思った。

この残忍性こそが、自分の本性なのかもしれないな、と。

両親を、使用人たちを、そして兄を殺した自分。

記憶の断片を取り戻すたびに、そんな自分の性根が、蘇《よみがえ》ってきているのかもしれない。

誰かが、サテリアジスの方へ駆け寄ってくる。

(番兵か？　それとも使用人？　まあいい、見られたなら殺してしまえ。どうせ後で、『儀式』をすればいいだけだ)

爪が長く伸びた右手を、サテリアジスは掲げた。

グラスレッド邸の壁と床を鮮血で染めながら、サテリアジスはグミナの部屋を探した。

背後から、廊下を駆ける足音が聞こえてきた。

「やれやれ……またか」

サテリアジスは足音のする方に振り返った。当然、相手を殺すつもりでだ。

だが、そこで一旦、サテリアジスは動きを止めた。

「……カロルか」

グミナの侍従・カロルはサテリアジスの姿を確認すると、目を見開いた。

「ヴェノマニア公、ご乱心なされたか！　……それに、その姿は……」

「狂ってなどいないよ。僕はただ、グミナを貰い受けに来ただけだ」

「……グミナ様は元より、あなたの婚約者。わざわざ奪《うば》いに来る必要などないでしょうに……」

「駄目なんだ、それでは駄目なんだよ、カロル。結婚などという形だけのものでは、グミナの心は、僕のものにならない」

カロルは剣を抜き、サテリアジスの眼前に付きつけた。

「グミナ様があなたを愛していない、と申したいのですか？」

「彼女に付き従ってきた君なら、それをわかっているんじゃないか？」

「……覚悟！」

カロルはサテリアジスの質問には答えず、彼に切りかかった。

サテリアジスはそれをたやすく弾き飛ばすと、素早くカロルとの距離を詰めた。

「な！　は、速い……」

「もう一つ、確認しておこう。カロル、君は僕に、好意を持っているのではないか？」

カロルは一瞬、動揺したように目を見開いたが、すぐに元の表情に戻った。

「……愚《おろ》かな」

カロルはサテリアジスの顔面に拳《こぶし》を叩きつけようとしたが、それもまた、軽く受け止められてしまった。

「隠さなくてもいい。僕が君のことを思い出した時の、あの嬉しそうな顔……僕も最近は、女心というのが、わかるようになってきたんだよ」

「思い上がりですよ、それは」

「来る者は拒まない、それが僕の信条でね。カロル、君もグミナと共に、連れて行ってあげよう」

サテリアジスの紫の瞳が赤く変化していく。その輝きはカロルの赤毛を、そして彼女全体を包んでいった。

「あ……ああ」

カロルの発したその声は、苦しみからの呻きというよりも、快感に陶酔《とうすい》しきった喘《あえ》ぎ声に聞こえた。

グミナは自分の部屋の隅で座り込み、護身用のナイフを両手で持ったまま、小さく震えていた。

屋敷の所々から聞こえてくる騒音、絶叫。それが尋常なものでないということは、彼女にもわかっていた。

賊《ぞく》だ。賊がこの屋敷に、侵入してきたのだ。

彼女の父親、グラスレッド侯爵は今夜、屋敷を留守にしていた。皇家に謁見《えっけん》するべく、アスモディンのはるか南、皇城のあるルコルベニに出向いていたからだ。

ならば、賊の狙いは何か？　それはわからなかった。だがグミナが思い出していたのは、あの事件――サテリアジスの屋敷が襲われた、惨殺事件についてだった。

あの事件の犯人が、今、この屋敷を襲っているのかもしれない。もしそうだとしたら、グミナも確実に、殺されてしまうだろう。

足音が聞こえてきた。それは段々と大きくなっていき、部屋の前まで来たところで止んだ。

（お願い……来ないで、来ないで……）

グミナの願いもむなしく、ドアは開かれた。

グミナは小さく悲鳴を上げた。だが、ドアを開けた主の姿を確認すると、胸を撫で下ろして、相手に駆け寄った。

「カロル、無事だったのね！　何が……この屋敷で、何が起こっているの⁉」

「グミナ様……行きましょう」

問いただすグミナをよそに、カロルは平坦《へいたん》な声で答える。カロルの目の焦点が定まっていないことに、動揺していたグミナは気がついていなかった。

「行く？　行くって、どこに？」

「ヴェノマニア公の……お屋敷です」

突然、カロルはグミナの後ろに回り込むと、彼女を羽交い絞めにした。

「え⁉　な、何⁉　カロル、一体何を――」

開け放たれたままのドアから、もう一人、顔をのぞかせた。

そのおぞましい姿を見て、グミナは絶句した。

「サ、サティ……⁉　なんなの、その格好は……」

血まみれの悪魔がそこにいた。顔だけは原型を留めていたが、それ以外の頭、腕、胴体、足はもはや完全に、化け物となったサテリアジスが部屋に入ってきたのだ。

「グミナ、さあ、行こうか。僕の屋敷、僕の――ハーレムへ」

グミナは激しくもがいたが、カロルにしっかりとつかまれていて、身動きが取れない。

「嫌……やめて、来ないで‼」

「グミナ……ようやくだ。ようやく君のすべてが、僕のものとなる。その顔も、足も、胸も、そして心も――」

悪魔は笑いながら、グミナにどんどん、近づいてくる。

グミナは狂ったように手足をばたつかせ、抵抗を試みた。

「来な……く、来るなぁ!! その醜い姿で、わたくしに近づくなァァ!!」

「醜い……? 醜いだと? グミナ、それは酷いなあ……」

悪魔はグミナのすぐそばに立ち、顔を近づけてきた。

その牙の隙間《すきま》から唾液が零《こぼ》れ、床に落ちた。

「醜いのは、他の男に現《うつつ》を抜かした、君の方じゃないか」

赤い輝きが、部屋内に満ちた。

9

七十センチほどの高さの木箱を抱えた白髪の少女が、グラスレッド邸の前に立っていた。

彼女は工房街のギネ工房で作り上げた物を手に、屋敷へ帰る途中であった。

少女の足元には、番兵の死体が転がっていた。屋敷内からは、悲鳴も聞こえてきていた。

(……馬鹿が、派手にやりおって)

「儀式」の準備をしておいた方がいいな——そう思いながらアイアールは足早に、屋敷の前から立ち去った。

（だが……これであいつは、当初の目的を達したことになるな）

深夜の大通りは、驚くほどに静かだった。グラスレッド邸で起こっている惨劇など、まだ誰も気がついていないのだろう。

（さて、ここからが見物《みもの》だ。公爵よ、お前はこれから——どう動く？）

アイアールは夜空を見上げた。

満月の輝きが、空と大地を照らしていた。

ヴェノマニア・ハーレム
現在の人数・六名

The Lunacy Of Duke Venomania

第四章　ユフィーナ＝マーロン

1

「わたくしたちは、もう会わない方がいいのです」と女は言った。

「どうしてなんだ？」と男は問い詰めた。

「どうしても」と女は答えた。

「納得がいかない」と男は食い下がった。


ベルゼニア帝国の西には海が広がっており、そこはハーク海と呼ばれている。

そのハーク海をさらに西に渡ったところに、マーロン島はある。そこでは二つの国が、島の覇権《はけん》を巡って争っていた。

二国の内の一つ、東のマーロン国。その東部の沿岸にあるジャメの町で、宵闇《よいやみ》の中、一組の男女が逢引《あいびき》を行っていた。

二人はいつものように抱擁《ほうよう》を交わし、いつものように甘い言葉を囁き合い、いつものように口づけをする。

そして、いつものように別れ話でもつれるのだ。

お互いの愛は確かなものであった。

だが同時に、許されざる恋でもあった。

「……もうそろそろ戻らなくては」

女はそう言ってその場を立ち去ろうとしたが、男はそれを引き留めた。

「待ってくれユフィーナ。まだ話は終わっていない」

「これ以上長居をすれば、夫に疑われます」

「明日になり、ベルゼニア行きの船に君が乗ってしまえば、しばらく会えなくなる。せめて、もう一時だけでも一緒に――」

「カーチェス、我儘《わがまま》を言わないで……。この関係が知られたら、お互い破滅です」

「わかっているさ。そんなことは嫌になるほどわかっている。でも、それでも俺は、なるべく長く君と共にいたいんだ」

男があまりにも食い下がるので、女は少々、困ってしまった。

離れたくない気持ちは、女の方とて同じだった。しかし、彼女は男よりは、己の立場というのを自覚していた。

女はしょうがない、といった風で、自らの首にかけていたペンダントを外し、それを男に渡した。

ペンダントには黄金色の、鍵のような形をした飾りがぶら下がっていた。女がいつも肌身離さず身に着けていた、母親の形見だった。

「わたくしが戻ってくるまで、代わりに持っていてください。大切なものです。これをわたくしだと思って、大事に――」

「こんなもので、俺が納得するとでも？」

男の声には怒気が込められていた。その鍵のペンダントを、手切れ金代わりに押しつけられたと思い込んだからだ。

「納得してもらわねば困るのです。……大丈夫、ベルゼニアでの滞在期間はそんなに長くないの。政務ではなく、夫の里帰りに過ぎないのだから。戻ってきたら……またすぐに会いましょ？　ね？」

女はそう言って微笑《ほほえ》んだ。

その笑顔を見て、男は少し冷静になり、鍵のペンダントを握り締めた。

男と女は同い年だったが、その精神年齢には差があるようだった。女と比べれば男はだいぶ子供っぽいところが多かったが、彼女はまた、彼のそんなところが可愛らしくて好きだった。

「じゃあ……そろそろ失礼します、カーチェス＝クリム伯爵」

公の場で呼ぶ時の――寵臣《ちょうしん》である彼への呼び方に戻っていた。

男は走り去る彼女を、手を振って見送る他なかった。

女の名前はユフィーナ＝マーロン。

マーロン国の王妃である。

2

船で大陸まで丸二日、さらにそこから馬車で一週間をかけて、マーロン国王夫妻とその一行はベルゼニア帝国の首都、ルコルベニに到着した。

皇帝ジュピテイル＝ベルゼニアが治めるベルゼニア帝国は、大陸の西半分、いわゆるエヴィリオス地域の三分の二を国土として有する巨大な国家だ。

ジュピテイル皇帝には領土拡大の野心は少なく、広大な領土における内政の安定化、東部諸国（非エヴィリオス地域）に点在する蛮族《ばんぞく》が起こす暴動への対処などに比重を置いた政治を行っている。

皇帝はすでにかなりの老齢であり、床に伏せっていることも多いため、最近ではほとんど人前に姿を見せなかった。そのため、ユフィーナたちが皇城に赴いた時も、謁見に応じたのはジュピテイル皇帝ではなく、皇太子であるヤヌスだった。

「マルチウス、遠路はるばるご苦労だったな。まあ、ゆっくりしていってくれ」

ヤヌス皇太子は玉座にその巨大な身体を沈めると、弟であるマーロン王・マルチウスを見下ろしつつ、そう声をかけた。

「お前がマーロン国に婿入りしてからずいぶんと経つ。どうだ？　久々の故郷は」

「まあ、良くも悪くも、あまり代わり映えしてないように見えますな」

マーロン王は尊大なヤヌス皇太子の態度に対して苛立つ様子も見せず、兄に負けず劣らず大きな腹をさすりながら、ただニコニコと笑い質問に応じた。

「変わっていない、と言うのならば、それは我がベルゼニアが平穏な証拠であるよ」

「それだけ、ヤヌス兄様による統治がお見事だ、ということですな」

「よせ。私は父の代理をしているだけだ」

「しかし、これならば仮に父上が崩御《ほうぎょ》なされても、ベルゼニアは安泰でございましょう」

「迂闊《うかつ》なことを抜かすでない。父上にはまだまだ、長生きしてもらわんと」

「そうですな、ハハハ」

「ハッハハッ……」

不遜《ふそん》な兄と、卑屈な弟。

ユフィーナはそんな二人の対話を後ろで眺めながら、夫の小者さを改めてひしひしと感じていた。

マーロン国は現在、西のライオネス国とマーロン島の支配者の座を巡って争っている真っ最中であった。マーロン国はこの争いに打ち勝つべく、大陸の大帝国であるベルゼニアとの結びつきを強めようとしていた。

その一環として為されたのが、先代マーロン王の長女であるユフィーナと、ベルゼニアの第二皇子・マルチウスの婚姻だった。

先代王が男子に恵まれなかったため、彼が早逝《そうせい》した後、マーロン国は王不在の状態が続いた。だが、マルチウスがマーロン王家に婿入りし、王位を継承したことによってそれは解消されたのだ。

今はまだ独立を許されているが、いずれマーロン国はベルゼニア帝国の属国とされてしまうことだろう。それでも、ライオネス国にマーロン島を統一されるよりは良いというのが、亡き父や重臣たちの決断であった。それでも、ユフィーナは自分の代でマーロン国の歴史を終わらせてしまうことを、内心心苦しく思っていた。

政略結婚だったとはいえ、マルチウスは優しく、良い夫であった。

だがその温和さは、国王としては強くあるためには、徒《あだ》となるものでしかなかった。彼には兄に逆らい、マーロンが自立を保つ約束を取り付ける気概《きがい》など、あるはずもなかった。

ついでにいえば、マルチウスはその優しさゆえに、ユフィーナに女としての悦《よろこ》びを与えられていなかった。マルチウスはユフィーナを気遣い、彼女に触れる時は常に傷つけまいと心がけていた。女としては、それはそれで恵まれたものであったのかもしれない。だがユフィーナの心の底には、それでは満足できない想いがくすぶっていた。

「あら、来てたのね、マルチウス」

そう言って謁見の間に入ってきたのは、ヤヌス皇太子の妹であり、マルチウスの姉である皇帝の第二子、ベルゼニア帝国第一皇女、フェブリアだった。

そして、彼女の後に続くようにもう二人、着飾った女性たちがやってきた。

「フフ、マルチウス兄様……相変わらずのさえないお顔ですこと」

開口一番にマルチウスに悪態をついてきたのは、皇帝の第四子である第二皇女、アプリリス。

「あ、ユフィーナ義姉《ねえ》様だ。お久しぶりー」

もはやマルチウスを無視してユフィーナに先に挨拶したのは、末っ子の第三皇女、メイリス。

これでベルゼニア皇家五人兄弟が、この謁見の間に揃ったことになる。

(豚兄弟が勢ぞろい……か)

うっかり口に出せば、いくら自身がマーロン王妃であっても、即刻首を刎《は》ねられそうな暴言を、ユフィーナは心の中で呟いた。

ヤヌス、フェブリア、マルチウス、アプリリスの四人はサイズこそ違えど、それぞれが一様に皆、丸々と肥《こ》えていた。

(広大な領地から送られてくる極上の献上品が、よほど美味なのでしょうね)

ただ一人の例外がメイリスだった。兄や姉たちとは似ても似つかぬスレンダーな身体。それでいて出るところはしっかりと出ているという、女性としては理想的ともいえる体つきだった。ユフィーナは五人兄弟を初めて目の当たりにした時、メイリスだけは余所《よそ》からの養女なのではないかと邪推《じゃすい》してしまったほどだった。

「義姉様、せっかくだから城を案内してあげる。行こーよ！」

そう言ってメイリスは、ユフィーナの腕にしがみついてきた。

「いえ、しかし……まだ謁見の途中ですし……」

「いいじゃゃん。豚の談合なんかに付き合うことないっしょ」

（うわあ……この子、今『豚』ってはっきり口に出して言った……）

戸惑うユフィーナが夫の方を見ると、彼は微笑みながら頷いて、こう言った。

「いいよ、行っておいで。謁見と言っても所詮は、ただの兄弟の語らいに過ぎぬ。気を遣うことはない。……ヤヌス兄様もかまいませんね？」

「うむ。兄弟間でしか話せぬような、積もる話もあることにはあるしな。ユフィーナ王妃よ、メイリスをかまってやってくれ」

「ほら、お許しも出たことだし。行こっ」

「そうね……じゃあ、お願いしようかしら」

正直、ユフィーナも慣れない土地での謁見で、多少気詰まりしていたところだった。厚意に甘えて、その場を下がることにした。

「さてさて、まずはどこに行きましょうかね～♪」

メイリスは軽快なステップで、ユフィーナの前をトントンと歩いていた。

「メイリスちゃん……ありがとうね」

ユフィーナがお礼を言うと、メイリスは立ち止り、きょとんとした顔で振り返った。

「ん？　何が？」

「気を……遣ってくれたんでしょ？」

「あー……。まあ、そんな感じではあるかな？」

メイリスはユフィーナに近づくと、ずいと顔を寄せてきた。

「ユフィーナ義姉様、マルチウス兄様と一緒にいる時、あんまり楽しくなさそうだもんね」

「……決してあの人のこと、嫌いなわけではないのよ。でも――」

「ハハ、まあまあ、みなまで言わなくていいよ！　政略結婚……私たちみたいな立場の女には、仕方ないものね！」

メイリスは再び、ユフィーナに背中を向け前を進む。

「……あーあ、私もいつか、どこかの馬の骨と、無理矢理結婚させられるのかねー」

「メイリスちゃんは、その……いないの？　誰か、好きな人とか……」

ユフィーナの脳裏を、マーロンで彼女の帰りを待っているだろう、カーチェスの顔がよぎった。

「いないいない‼」

メイリスは笑いながら、大げさに腕を横に振ると、綺麗にまとめられた長い髪の先端をいじりながら、気恥ずかしそうにこう言った。

「たとえいたとしても、私、全然モテないし」

（……いやいや。少なくともあの姉様方よりは、モテるでしょうに）

女のユフィーナから見ても、メイリスは魅力的な女性であった。年は二十二歳とまだ若いが、そこいらの貴婦人ではとても太刀打《たちう》ちできないような、上品な色気を持ち合わせていた。

さらには、ベルゼニア皇家という、申し分のない家柄——彼女がその気になれば、男など選《よ》り取《ど》り見取りだろう。

「さて、と。じゃあ——」

「メイリス皇女！」

再度、歩きはじめようとしたメイリスを、背の高い、黒い礼服を着た男性が呼び止めた。

「ここにおられましたか」

「どうしたの？　コンチータ男爵」

「例の件について、ご報告が——」

コンチータ男爵はそこまで言って言葉を止めると、ユフィーナの方をちらりと見た。

「かまわないわ、続けて」

「……はい、では」

メイリスに促され、コンチータ男爵は報告を再開した。

「グラスレッド侯爵が発狂しました」

「ええ⁉」

「家人を皆殺しにされ、一人娘も行方不明……。元々気が弱い方でしたからね、耐え切れなかったのでしょう」

「じゃあ、例の件については——」

「調査の継続は難しいでしょう。そうなると、代わりに誰か、協力を仰ぐ必要があります」

「グラスレッド侯爵はアスモディンの代行統治を任されていたんでしょう？　そちらの方はどうなるの？」

「それについても、代わりの人間が任じられるか……ヴェノマニア公が立ち直っておられるなら、彼がアスモディンを統治することになります。それが本来の形ですから」

「ふうん……」

二人の会話はユフィーナには理解できるものではなかった。不穏な単語が飛び交い、口を挟める雰囲気でもなかったので、彼女はただ黙って、二人が話し込む様子を眺めていた。

「メイリス皇女。どうでしょう？　この際、ヴェノマニア公を頼ってみては？　元より、彼の領内で起こっている事件です。協力してくれる可能性は高いと思いますが」

「……ヴェノマニア公も、家族を殺されているんでしょ？　最近は元気になってきてるらしいけど、あまり刺激するのも――」

「やはり、一連の事件はつながっていると？」

「そう思う。少なくとも私は、そう考えているわ」

メイリスは頬に手を置き、深刻そうな顔で何か、考えているようだった。

「……では、協力者として他に考えられるのは……ミスティカのフェルディナンド侯爵はどうでしょうか？」

「あの気持ち悪いおっさん？　私、苦手なのよねーあの人。なんか会うたび、じろじろ見てくるし」

「しかし、彼ならば他の兄弟方にも秘密裏に、事を行うと約束してくれることでしょう」

「……しょうがないわね。じゃあ、それで。手配の方は任せるわ」

「畏《かしこ》まりました。それでは、失礼いたします」

コンチータ男爵はメイリスとユフィーナに一度ずつ、計二回頭を下げると、立ち去って行った。

「……ユフィーナ義姉様」

振り返ったユフィーナを見たメイリスの顔は、真顔のままだった。

「明日からの予定って、どうなってるの？」

「ええと……二、三日ルコルベニに滞在した後、主人——マーロン王と共にベルゼニアの各地を三週間かけて訪問して回る感じかしらね。『五公《ごこう》』への挨拶も兼ねてね」

ベルゼニア皇家の下には「五公」と呼ばれる五つの公爵家が存在し、それぞれがアスモディン、ルシフェニアなどの各地方を領主として治めている。ユフィーナとマルチウスの婚姻の儀の際には、彼らは揃って駆け付け、式の段取りを引き受けてくれた上、盛大に祝ってくれた。今回はその時の御礼も兼ねて、挨拶回りをするつもりだったのだ。

「アスモディンにも行くの？」

「ええ、もちろん。ヴェノマニア公の領地ですもの」

「取りやめるわけには……いかないよね、やっぱり」

そんなこと、できるわけなかった。「五公」のうち、一人だけ訪ねないというのは、いくらなんでも失礼すぎる。

メイリスは心配そうな顔で、ユフィーナにこう忠告してきた。

「できるならば、なるべく滞在期間は短めにした方がいいかも。最近、あの辺りは物騒なことが立て続けに起こっているみたいだから……」

「わかった。マーロン王にも相談してみるね」

「……うん！　それじゃあ、今度こそ行こっか！」

その後、ユフィーナはメイリスに連れられて、マーロン国のものよりもはるかに大きな、ベルゼニア皇城を見て回ることとなった。

3

人数が増えたことで、ハーレムはだいぶ賑やかになってきた。

地下での単調な生活に変化が訪れることは、それはそれで良いことだとルカーナは思っている。

彼女を始め、ハーレムの女たちはサテリアジスの他の愛人に嫉妬することはない。そういう風に洗脳されているからだ。

とはいえ、彼女たちは別に、以前の記憶を失っていたわけではなかった。「サテリアジスをただひたすらに愛すること」及び、それを全《まっと》うするための価値観の変化を除けば、ハーレムに来る前の生活についてはすべて覚えていたし、性格もそのままだった。

ルカーナも当然、ここに来ることになった経緯や、家族、故郷、友人関係、その他もろもろをすべて覚えていた。サテリアジスが悪魔になり、自分に術をかけたことも含めて、である。

今のルカーナには、サテリアジスに対する嫌悪など微塵《みじん》も存在しなかった。むしろ、何故自分は、あんなにも彼を避けようとしていたのだろう？　と、以前の自分の気持ちを疑問に思うほどだった。

今の状態を、ルカーナは夢で予知していた。その時の彼女はそれをおぞましいものと捉《とら》えていたが、今では、あれは素晴らしい未来を暗示したものだったと思うようになっていた。

外に出られないのはやや不便ではある。だが、欲しいものを望めば、サテリアジスはなんでも与えてくれる。食べ物も、装飾品も、家具も――そして、愛情も。

貰ってばかりでは申し訳ないと、ある時、ルカーナは彼に、自らが左手に着けていたブレスレットを手渡した。それは故郷にいる友人と一緒に買ったお揃いのもので、彼女のお気に入りだったが、ためらいはなかった。

自分はこれからずっと、この地下で暮らしていくのだ。過去に関する物など、もはや必要ない――ブレスレットを手放したのはある意味、ルカーナにとって決意表明のようなものであった。

サテリアジスもそんなルカーナの気持ちを察したのか、彼女からのその贈り物をとても喜び、それ以来、ずっとそのブレスレットを身に着けている。

金額としては、大して価値のあるブレスレットではない。本来ならばサテリアジスのような高貴な人間が着けるようなものではない。それがルカーナにとっては少し心苦しくもあったが、反面、自分がサテリアジスにとって、他の女よりもちょっとだけ特別な存在になれたような気がして、密かに喜んだ。他の女に嫉妬はしないが、やはり多少なりとも競争意識というものはあったのだ。

そんなルカーナだったが、現在、二つの心配事があった。

一つは、予知夢について。

ルカーナには、これから先に起こることもわかっていた。それを夢で見たからだ。

彼女が見たのは――ナイフで胸を刺され、倒れ込むサテリアジスの姿だった。

相手の顔までは、はっきりと見えなかったが、おそらくは男性だった。

(そして、それによってヴェノマニア様と、私たちの生活は終わりを告げる……)

それを防ぐ手立ては、一つだけだった。

(彼が、ここで立ち止まることができたら――)

しかしそれはルカーナには、どうすることもできないことでもあった。

彼女はサテリアジスに逆らうことはできない。そういう風に心に埋め込まれているからだ。

彼がこのまま進み続けるというならば、ルカーナはその後に黙ってついていくしかできない。

ハーレムの女性の一人、ミリガンの職業が占い師で、しかも昔お世話になったあの女魔道師の弟子だというのを聞き、ルカーナは彼女にこの予知夢について相談しようと考えたこともあった。

だが、ミリガンと話をしていくうちに、どうも彼女が女魔道師の弟子だというのも、占いで未来が見えるというのも、まったくの出任せだというのがわかってきた。

彼女の本当の職業は「詐欺師」だったのだ。

ルカーナは彼女に相談することを諦めた。

もう一つの悩みは、新たなハーレムの仲間、グミナ＝グラスレッドについてだ。

彼女は典型的な、貴族的な思考を持つ女性だ。ルカーナを始め、これまでの女性たちはすべて平民の出自《しゅつじ》だったので、その点で価値観が折り合わず、ちょっとした争いが起こることも珍しくなかった。

ルカーナなどはそれでも、グミナに調子を合わせて一歩退く適応性を持っていたので、それなりにうまくやっていけていた。

だが、そういうことがまったくできない女性たちもいた。ミクリアとローランである。特にミクリアは、何故だかグミナを毛嫌いしていた。

グミナがハーレムに来てから、サテリアジスはしばらくの間ずっと、彼女の相手ばかりをしていた。何日も、二人きりで部屋に籠り続けることも珍しくなかった。

その頃から、ミクリアはあからさまに不機嫌になっていた。

子供のようなところがある子だから、サテリアジスにあまり相手にされないのが不満なのだろうと、ルカーナは思っていた。

しばらくすると、サテリアジスは以前よりも外出することが多くなった。

聞く話によると、今までサテリアジスの代わりに政務を行っていたグラスレッド侯爵に何かあったようで、これまで任せきりだったアスモディンの統治について、サテリアジスも関わるようになったようだった。

それでも、サテリアジスはハーレムには毎日欠かさず顔を出した。グミナだけをかまうということもなくなり、以前のように等しく、全員の女性を愛するようにもなった。

しかし、それでミクリアとグミナが仲良くなることはなかった。ミクリアはグミナに対して徹底的に無視を決め込み、一方のグミナも、そもそもあまり積極的に他人と関わろうとするタイプではなかったので、ミクリアの態度も特に意に介さず、といった感じで、歩み寄ろうとする気配もなかった。

ルカーナの知らないところで、二人の間に何かあったのかもしれない。だが、どちらもそのことについて尋ねても答えてはくれなかった。

これだけの人数が一カ所に集まっていれば、いろいろあるのはしょうがないのかもしれない。

(でも……みんなが仲良くしていた方が、きっとヴェノマニア様もお喜びになられるはず……)

もう一度、二人に話を聞いてみよう。彼女たちはルカーナから見ても正反対の性格だったが、案外その方が、わかりあえたりするものなのだ。

まずルカーナは、自分の部屋から近い、グミナの部屋の前まで来た。

「……?」

(何か聞こえる。これは……バイオリンの音かしら?)

豊富に倍音が含まれた旋律が、ドアの向こう側からルカーナの耳に飛び込んできた。

ルカーナは二度ほど、少し強めにドアをノックした。すると、ぴたりとバイオリンの音が止まる。

「……どうぞ」

中から了承の声が聞こえたのを確認して、ルカーナはドアを開けて部屋に入った。

「ごめんなさいね、邪魔してしまって」

「いえ、別に。暇《ひま》だから、弾いていただけだから……」

「お上手なのね、バイオリン。うらやましいわ、私はそういうのは全然だから」

かつてのルカーナにとって、バイオリンなどという高級品はとても手が出せるような代物ではなかった。今なら、サテリアジスに頼めば手に入れることはできるだろうが、そもそも演奏できる腕がなければ意味がない。

「さすがは貴族のご令嬢ね。他にも習い事は色々していたんでしょう?」

「そうね……あとは、絵の勉強とか……」

そう言ってグミナは、部屋の壁の方を向いた。

そこには、一枚の肖像画が掛けられていた。

4

少女姿のアイアールが屋敷に戻った時、サテリアジスはちょうど玄関ホールで、一人の女性と抱き合っていた。

女性の方は後ろ姿しか確認できず、誰かはわからない。

だが、ハーレムの女性が、この一階まで上がってくることはない。ここにサテリアジスと女性がいるということは、つまり新たな女性がまたサテリアジスの毒牙にかかり、やってきたということだった。

それはアイアールにとっては、喜ばしいことであった。

(フフ、公爵よ……お前は『立ち止まらなかった』というわけだな)

彼が悪魔と契約したのは、グミナを手に入れるためだった。そして、その目的は先日、達せられた。もう彼に、これ以上ハーレムの人数を増やす理由はないはずだった。グミナの心を掴み続けるため、悪魔の力を維持する必要があるとしても、それは今いる女性たちだけで充分、まかなうことができる。

サテリアジスが女性を攫《さら》い続けること——それはつまり、彼が自分の中の悪魔に取り込まれつつあることの証拠だった。強まり続ける欲望に、サテリアジスは抗えなくなってきているのだ。

こうなるであろうことを、アイアールは予想していた。グミナはサテリアジスの婚約者だったわけで、黙っていても――たとえ、グミナがそれを望んでいなかったとしても――いずれ二人は結婚するはずだった。グミナの心を籠絡するなら、それからでも遅くはなかったはずだ。

しかし、サテリアジスはそれを待てなかった。我欲のままに、彼女を無理矢理に手に入れた。それが自身の状況を危うくするかもしれないとわかっていてもなお、彼は止まらなかったのだ。

その時点で、サテリアジスが悪魔を制御できなくなってきていることは明らかであった。

（良いぞ公爵。そのまま愛人を増やし続けるのだ。それが私の望みの一つを叶えることにもつながる）

アイアールは心の中でほくそ笑んだ。

しかし次の瞬間、サテリアジスと抱き合っていた女性がこちらを振り返えると、アイアールは大いに驚くことになった。

「！　お、お前は……ハクアか⁉」

「……ハル！　良かった、やっぱり生きていたのね！」

サテリアジス＝ヴェノマニア、第七の愛人・ハクア＝ネツマは、アイアールを見た途端、サテリアジスから離れて彼女に抱きついてきた。ハクアの豊満な胸にアイアールの顔が埋もれた。

「ずっと心配してたんだから！　今まで一体、どこに行って――」

「……あー、ちょっと、待ってもらっていいかな。……うぉい！　公爵‼」

アイアールはハクアを引き離すと、サテリアジスに対し今までで一番大きな怒鳴り声をあげた。

「なんだ？　もしかして知り合いだったのか？」

いいかげん、アイアールに怒鳴られるのにも慣れたサテリアジスは、飄々《ひょうひょう》としていた。

「……知らずに連れてきたというのか……まったく、おまえというやつは本当に――」

「いや、町で見かけたんだが、何となくお前に似ていたからさあ。髪も瞳の色も同じだろ？　お前は相変わらずだし、ちょうどいいかなー、って」

サテリアジスが述べた理由は、彼が女性を選ぶ基準が、愛よりも欲望優先になっているものを示していたが、アイアールはそれを素直に笑っていられなかった。

「……こいつを捨ててこい、公爵」

「断る」

「即答か！　とにかく駄目だ、こいつは！」

「せめて理由を教えろ。一度連れてきた女性を解放するのはリスクが大きすぎる。それはお前だってわかっているはずだ」

「……こいつは、ハクア＝ネツマは私の……『姉』だ」

「これは意外だな。お前に姉妹がいたとは」

「正確には、この『身体』――ハル＝ネツマの『姉』、ということになるがな……なんにせよ、厄介な奴を連れてきたもんだ――」

なおも抱き着いてくるハクアを御しながら、アイアールは盛大にため息を吐いた。

ハクアのことをルカーナに任せた後、アイアールはサテリアジスと、彼女の部屋で話をすることになった。

「……まあ、そう邪険にすることもないんじゃないのか？　色々と大変だったみたいだぞ、彼女。住んでた村を悪い魔道師に焼かれて、妹とも生き別れになって――」

「その『悪い魔道師』というのが私なんだがな」

「どうして、彼女の村を襲ったんだ？」

「欲しいものがあったからだよ、その村に。ほら、あの刀――『大罪の器』だ」

そう言った後、アイアールは何かを思い出したようで、唐突に話の内容を切り替えた。

「そうだ、『大罪の器』といえば――お前に話さなければならないことがあった」

「？　なんだ？」

「公爵。お前に、ある女性を誘惑してもらいたい」

「いきなりだな……まあいい、とりあえず話を聞こう。相手は誰だ？」

「マーロン国王妃・ユフィーナ＝マーロンだ。彼女は今、マーロン国王の付き添いで、このベルゼニアに来て――」

「待て！　待て待て待て‼　『マーロン国王妃』だと‼」

予想だにしていなかった肩書が出てきたため、さすがのサテリアジスも慌てた。

「なんだ？　人妻は駄目なのか？」

「そう言うことじゃない！　よりによって、他国の王妃を攫えと言うのか⁉　場合によっては戦争になるぞ‼」

「そのリスクを負ってでも、彼女に手を出すべきだという理由があるのだ。ユフィーナは……『大罪の器』を持っている可能性がある」

アイアールは、部屋の隅に置かれた木箱をちらりと見ながら、そう言った。

「『大罪の器』……あの刀以外にもあるというのか？」

「正確に言えば『大罪の器』はあの刀も含めて、全部で七つ存在する」

「ずいぶんと多いんだな」

「お前は身を持ってわかっているだろうが、『大罪の器』は一つでも、強力な力を得ることができる代物だ。だが、想像してみろ。もし七つの器を集めて、それらの力をすべて得ることができたとしたら……」

アイアールは笑みを浮かべた。サテリアジスが少しだけぞくりとしてしまうほどの、邪悪な微笑みだった。

「……とてつもない力の持ち主になれる、というわけか。そして、それがお前の狙いなわけだ。力を得て世界征服でも狙うつもりか？」

「否定はせんよ。だがな公爵。これはお前にとっても有益なことだと、私は思うぞ」

「そういった野心はないよ。僕は女たちと、ここで楽しく暮らしていけたら、それでいい」

「いつか事実がばれるかもしれないと、内心で怯えながら、か？」

そう言われて、サテリアジスは思わず顔をしかめた。

その顔を見たアイアールは満足そうににやつきながら、話を続ける。

「お前は公爵であり、アスモディン地方の領主だ。だが所詮はそれだけ、でしかないのだよ。一人では法律を変えることもできない、国が本気になれば一瞬で潰《つぶ》されてしまう――その程度の人間だ」

「だが僕には、悪魔の力が――」

「その力でどうする？　悪魔になって、国に喧嘩《けんか》を売るか？　グラスレッド侯爵の護衛程度ならともかく、今のお前に軍を倒せるほどの力はないぞ？　それとも『色欲』の力を使うか？　残念だったな、皇帝は男だ。男に『色欲』の術は効かん。それとも女が支配者になるのを待つか？」

先ほどまで機嫌が悪かったのが嘘のように、アイアールは饒舌《じょうぜつ》になっていた。

「だがな。大罪の器を七つ――いや、この国なら三つ程度で充分だな。とにかく、それを手に入れれば、お前がベルゼニアの新たな王となることも可能であろう。そうすればアスモディンはおろか、ベルゼニア中の女を妻にすることだって無理な話ではない。どうだ、これでもお前はまだ――」

「わかった、わかった。――お前の言うことも、理解ができないわけじゃない。『大罪の器』を集めること自体には協力してやる。だが、マーロン国王妃の件については、少し考えさせてくれ」

アイアールは勢いに任せてさらに何か言おうとしたが、その時、ドアがノックされる音が聞こえたため、冷静になってやや声のトーンを落とした。

「……チャンスはユフィーナがアスモディンを訪問する、その一時だけだ。早めに決断しろ」

ドアが開かれ、入ってきたのはルカーナだった。

「ハクアさん、一通りご案内して、部屋までお連れしました」

「彼女の部屋はどこにしたんだ?」

サテリアジスの質問に、ルカーナは悪気なくこう答えた。

「この部屋の、お隣ですが。ハクアさんがアイアールさんの部屋の近くがいい、とおっしゃったので」

それを聞いたアイアールの顔が、みるみる曇っていった。

「何故、よりによって隣に……他にも部屋はたくさん、空いているだろうに」

「なあ、アイアール」

「なんだ、公爵」

「なんかハクアに対してだけ、お前の態度が奇妙だな。彼女が邪魔だとして、普段のお前なら、躊躇《ちゅうちょ》なく『消し炭にする』とか言い出しそうなものなのに」

「……人の身体を借りるというのも、なかなか面倒なものなのだ。この身体に元の——ハル＝ネツマの意志はほとんど残っていない。だが——」

「『ほとんど』ということは、少しは残っているということか」

「そう。ほんの微粒子ほどの、ひとかけらがな。だがそのひとかけらが邪魔をするのだよ……『お姉ちゃんを殺すな』とな……この話はもういいだろう、私は出かけてくる」

そう言って、アイアールは自分の部屋を出ていってしまい、サテリアジスとルカーナの二人きりとなった。

「あの……ヴェノマニア様？」

「なんだい？　ルカーナ」

「話は変わるのですが、ちょっとお知らせしておきたいことが……」

5

暖炉を使うような時期ではない。だが、今、サテリアジスの目の前にある暖炉では、煌々《こうこう》と火が燃えていた。

彼自身が、火を灯したのだ。

ルカーナ、カロル、そしてグミナが見守る中、サテリアジスは持っていた肖像画を、その暖炉に放り込んだ。

火は見る見るうちにキャンバスに燃え移り、黒く変色し、そこに描かれた絵を消していく。

その絵は、屋敷の屋根裏部屋にあったはずの、兄・ケルビムを描いた肖像画だった。

女たちは、屋敷の一階以上には上がらないように言っていた。だが、何故かグミナの部屋に、この肖像画は飾られていた。もちろん、サテリアジスが持ってきたのではない。

グミナを問いただすと、彼女はカロルに命じて、この肖像画を探して持ってこさせたことを白状した。

(僕の命令よりもグミナの指示を優先するとは……『色欲の術』を受けてなお、大した忠義心だな)

カロルは悪びれた顔も見せず、平然とその場に立って、絵が燃えるのを眺めていた。後で、もう一度術をかけ直した方がいいかもな、とサテリアジスは思った。一階へつながる階段の出口にある扉にも、厳重に鍵をかけた方がいいかもしれない。

彼は怒っていたが、それはカロルが決まりを破って、上の階に上がったからではない。グミナが洗脳されてなお、ケルビムの肖像画を求めたという、その事実に対してであった。

あの肖像画を見ていると、サテリアジスの中から嫌悪感がとめどなく溢《あふ》れ出てきた。それはグミナを得てもなお、治まることはなかった。

だから、肖像画は再び元の、屋根裏部屋に戻し、自分の目に触れないようにしていた。

それなのに――。

（最初から、こうしてしまえばよかったのだ。このような絵など『消し炭にして』――）

ふいに、アイアールの口癖を心の中で呟いたことに気がつき、サテリアジスは苦笑してしまった。

絵が完全に燃え尽きても、グミナは怒りも、泣きもしなかった。

（そう、彼女のすべては、僕のもの。僕に逆らいはしない、そのはずなんだ）

「グミナ、おいで」

サテリアジスの呼びかけに、グミナは素直に応じ、彼の元へ歩み寄った。

サテリアジスは目の前にいる彼女を抱き寄せ、キスをした。

「可愛いよ、グミナ」

かつて僕のことを馬鹿にした幼馴染。

誰よりも愛《いと》おしく、誰よりも憎らしい女。

「君は、僕のことだけを見ていればいい。あいつのことなんか、忘れさせてやる」

サテリアジスの瞳が、赤く輝きはじめた。

6

ベルゼニアの各地方を一通り廻《まわ》ったマーロン国王夫妻が、最後の訪問地として、アスモディンにやってきた。

サテリアジスはアスモディンの領主、そして「五公」の一人として、夫妻と会うこととなった。

「なんだか、今日は騒がしいねー」

ミクリアは上から聞こえてくるかすかな足音とざわめきを聞きながら、そう漏《も》らした。

「今日は、マーロン国からのお客様が来ているらしいわよ」

ルカーナは、ミクリアに紅茶を注いだ花柄のカップを差し出しながら、そう答えた。

「ヴェノマニア公がお屋敷に人を招くなど、珍しいですね」

カロルは紅茶をすすりながら、上を見上げた。

「なんでも、マーロンの国王御一行様らしいですからね。サテリアジス様もおいそれとは無下《むげ》にできなかったのでしょう……ああ、せっかくだからマーロンの皆様に、私めの華麗な踊りをご覧になっていただきたいわ♪」

ローランは突然立ち上がると、その場でステップを踏みはじめた。

「……うるさいし目障り。おとなしく座っていていただけないかしら？」

珍しくハーレムの女性が集まってのお茶会に参加していたグミナが、そう冷静に言い放つと、ローランは舌打ちしつつ、黙って席についた。

「グフフ……今日はなんだか、一騒動ありそうな予感……」

そしてミリガンが、目の前に置いた水晶玉に手をかざしながら、呟いた。

ルカーナは全員分の紅茶を入れ終わった後、部屋の端っこで丸まっている赤猫に、白い液体の入った器を差し出した。

「はい、どうぞ。アイアールさんはミルクでよろしかったですよね」

「にゃあ」

アイアールは差し出されたミルクに顔を伸ばすと、目の前のそれを舐《な》めはじめた。

「手先さん、今日は猫なんだねー」

そう言いながら近寄ってきたミクリアを、アイアールは面倒くさそうに見上げた。

「……人間の姿だと、ハクアがベタベタしてきて、ウザいからな」

その言葉に応えるように、アイアールの部屋の方から、ハクアの大声が聞こえてきた。

「ハル～、いつまで寝てるの～！　起きて～！　こら～、起きなさ～～～い‼」

ルカーナが「呼んできた方がいいかしら？」とハクアの方を見ながら言うと、アイアールは「にゃあ」と一鳴きした。

それをミクリアが通訳した。

「『ほっとけ』だって」

応接間の壁の前にマーロン国の精鋭兵が立ち並ぶ中、サテリアジスとマーロン国王夫妻の対談は行われた。

「そうですか……イーロット殿はお亡くなりに……」

マーロン王はそう言って、肩を落とした。

「あの方には、幼い頃から良くしてもらいました……残念です。色々と苦労なされた人でしたからなあ……。前の奥様があのようなことになって、しばらく塞《ふさ》ぎがちになっていたところに、グラスレッドのご令嬢と再婚なされて、ようやく——」

マーロン王は滔々《とうとう》と、サテリアジスの父親についての話を続けていたが、サテリアジスはその話をほとんど碌《ろく》に聞いていなかった。

彼の目は、マーロン王の横に座るユフィーナの美貌に奪われていたのである。

(……もったいない。こんな醜男《ぶおとこ》の妻にしておくのは、非常にもったいない)

おそらく百人中百人が、彼女を美人だと評するであろう。腰まで伸びた明るい灰色の髪はしっとりとしていて、良く手入れがなされていることがわかる。低い身長のせいもあって顔立ちはやや幼く見えるが、王族らしい気品の良さが漂っていた。

「大罪の器」の話を置いたとしても、サテリアジスの心の中ではすでに、彼女を夫から奪うことが決定されていた。

「アスモディンには、いつ頃まで滞在なさるのですか？」

マーロン王がまだ話を続ける中、サテリアジスは唐突にこう切り出した。

「え!?　ああ、まあ、そうですな……」

マーロン王が口ごもると、代わりにユフィーナが質問に答えた。

「明日には、ルコルベニに発《た》とうと思っております。皇城についたら、そこでもう一晩だけ泊まった後、そのままマーロンに戻るつもりです」

「……ずいぶんと、お早いですね」

「あまり長い間、マーロンを離れているわけにもいきませんので。王の居ぬ間に、ライオネス国が何か仕掛けてくる可能性もある故」

「なるほど、それでは仕方ありませんね。ぜひアスモディンを案内させていただきたかったのですが」

（……ということは、チャンスは今夜、一晩のみ、というわけか）

できるならば、あまり手荒な真似はしたくなかった。いかんせん相手は他国の人間、しかも王妃なのだ。やり方を誤れば、地位的にも身体的にも、相当危険が及ぶことになる。

時間をかけて機会を探ることができればそれが一番良かったが、悠長《ゆうちょう》なことを言っていられる余裕はなさそうだった。

「今晩は、どこにお泊まりになられる予定ですか？」

「リザ・アのドナルド侯爵の屋敷にお邪魔しようかと」

「なるほど。あの屋敷は由緒あるものですし、景観もいい。アスモディンでの夜を過ごす場所としては最適かもしれませんね。……本来なら、ここにお泊まりいただくのが一番良いのですが、なにぶん、我が家には今、使用人を置いておりません故、満足なおもてなしはできそうにありません」

「いえ、お気持ちだけでも結構ですよ」

遠くから、三時を告げる教会の鐘が聞こえてきた。

「では、そろそろ失礼するといたしますかな」

マーロン王は重そうな体を持ち上げるように、その場に立ち上がった。

「本日はわざわざお越しくださり、ありがとうございました」

サテリアジスは深々と礼をした。

そんな彼の態度を気に入ったのか、マーロン王はサテリアジスの肩を、ポンポンと叩き言葉をかける。

「お互いに大変ですが、頑張りましょうな」

「そんな、わたくしめなど……一国の王と地方の領主では、その座の重みが違います」

「変わりませんよ。国でも地方でも、統治の難しさというのは。サテリアジス殿はどうやら、まだ独り身のようだし、早いうちに良い伴侶《はんりょ》を見つけるのもよいですぞ」

「はあ……」

「支えてくれる者の存在は、やはり何より大きいですからな」

マーロン王がそう言ってユフィーナの方を見ると、彼女は照れ臭そうにはにかんだ。


マーロン国王の一行が帰った後、サテリアジスが地下に降りると、そこには赤猫が待ち構えていた。

「アイアールか」

「……で、どうするつもりだ?」

「お前の話に乗ってやる。……今夜、ユフィーナ王妃をマーロン王から奪う」

「……フフ、そう言うと思っていたぞ」

アイアールは満足そうに、猫の鳴き声をあげた。

「公爵よ。今回の相手は少々手強かろうと思ってな……予《あらかじ》め、少しだが手を回しておいてやったぞ」

「ほお」

「マーロン兵も精鋭揃いだが、数自体はさして多くない。隣国との状況もあって、護衛に兵を割くのは最低限に抑えたのであろう。問題はそれ以外に、ベルゼニア軍がドナルド邸の周辺警護に当たっているということだ」

「国賓を迎えているわけだからな。まあ当然と言えば当然か」

「そこでだ。私が軍に話を通して、ドナルド邸の西の警備に穴を作るよう働きかけておいた。地図に目印を書いておいてやったから、後で私の部屋に取りに来い」

なんという手回しの良さだろう。サテリアジスは感心するとともに、前々から思っていた疑問を口に出さずにはいられなかった。

「……なあ、アイアール。以前も、僕が公爵になれるように取り計らってくれたと言っていたよな？」

「ああ、お前が活動しやすいようにな」

「ユフィーナ王妃が『大罪の器』を持っているという情報、さらには今回の手回し……お前はベルゼニアの政府内に知り合いでもいるのか？」

「クク、気になるか？　……魔道師という存在はな、一部の人間には重宝されるものなのだよ。特に、権力を持つ者にはな。たとえば、今回の警備を担当している士爵……テット＝セトラという女はな、軍人という立場にありながら、人一倍、若さゆえの美貌というものに執着が強い」

その名前は、サテリアジスにも聞き覚えがあった。

（セトラ士爵……確か、僕がこの屋敷で起こした事件の、後処理を担当していた女将校だったな）

あの事件の後、テットは何度かサテリアジスの元を訪れ、取り調べをしていった。当時のサテリアジスは事件に関する記憶を失っていたので、彼女が求めるような情報を話すことはできなかったのだが（たとえ記憶が戻っていたとしても話さなかっただろうが）。

その時見た彼女は、確かに実年齢よりも、ずいぶんと若く見えた。三十歳は越えていたはずだが、見た目は二十歳そこそこ、いや、十代後半だと言っても違和感がないほどであった。

アイアールが話を続ける。

「彼女は願望を叶えるために、邪悪な魔道師に忠誠を誓ったのだよ。もっとも、実際にドナルド邸で何が行われるのかまでは、彼女には教えてないがな」

アイアールは得意そうな顔で鼻先をあげた。

だが、サテリアジスの方はというと、すでにまったく別のことを考えていた。

「テット＝セトラか……言葉遣いに多少、田舎訛りがあったが、そういえば中々の可愛らしさのある女だったな。フム、いずれ彼女も――」

「……もはや女となると見境がないな」

「そんなことはないさ。僕にだって、好きになる基準というものはある」

「とにかく今は、テットよりもマーロン王妃のことを考えるのが先だろう？　公爵よ、くれぐれも油断するでないぞ。それから――」

「みなまで言うな。わかっているさ、今回はなるべく『綺麗に』終わらせる」

後で関係者の記憶を消すとしても、あまり被害を大きくしてしまえば、アスモディンが戦火に包まれる可能性だってある。

「アスモディンの領主として、この地を守る責任が、僕にはあるからな」

「ふん……どの口がそれを言うか」

その八時間後、リザ・アの上空に一匹の巨大な蝙蝠が舞うのを、一人の少年が目撃した。

そして二日後には、少年はその蝙蝠のことを、完全に忘れ去ることになるのであった。

7

眼前に広がる大海原。その先に見える、米粒のように小さな船影を、マーロン国の貴族、兵士、侍従たちは港から眺めていた。

我らがマーロン王、そしてユフィーナ王妃が今日、ベルゼニア帝国から帰国されたのだ。

船を待つ集団の中には、ユフィーナの不倫相手である、カーチェス＝クリムもいた。彼は他の者とは違った心持ちで、海と遠くの船影を見ていた。

（ユフィーナ、待ちくたびれたよ。ようやく君に——愛する君に会えるんだね）

潮風が強く吹いたが、しっかりと整えられたカーチェスの青い髪がなびくことはない。

彼の気持ちだって、ユフィーナがいない間、これっぽっちも変わることはなかったのだ。

二人が結ばれることはないのかもしれない。しかしカーチェスにとって、そんなことはさして重要なことではなかったのだ。大切なのは形ではない。彼女のそばにいて、彼女を守り、彼女を愛し続けること。それで彼女が少しでも幸せを感じてくれたのなら、それが自分にとっての幸せなのだ。

本当ならばカーチェスもベルゼニアに同行したかったのだが、マーロン島を巡る情勢と、彼の伯爵という立場がそれを許さなかった。ライオネス国との争いは今のところ小康《しょうこう》状態を保っていた。だからといって、のんびりしていて良いというわけでもなく、やらねばならぬことは山ほどあった。

軍の配備、隣接地域の治安状況の確認、物資輸送の手配、中立国との交渉——。

（ユフィーナたちだって、別にベルゼニア帝国に遊びに行ったわけではないんだ。戦いの勝敗の鍵は、ベルゼニアからどれだけの支援を得ることができるか——そんなことは、わかっているさ）

カーチェスには、自分はユフィーナの愛人であると同時に、マーロンを守る騎士であるのだ、という自負があった。国が一丸となって戦いに備えねばならない時に、我儘などは言っていられない——

しかしそれでも、カーチェスにとってユフィーナと離れて過ごす時間は何よりも長く感じるものであったし、今日という日が待ち遠しくて、昨晩は眠れなかったほどだ。

船影はしだいに大きくなっていき、やがて船着き場にゆっくりと停泊した。間違いなく、マーロン王族が所有する船であった。

舷梯《げんてい》が架《か》けられ、船から兵団が降りてきた。

続いて、お付きの貴族たちが、そして侍従が、船乗りたちが、次々に降りていく。

だが――、いつまで経ってもマーロン王と、彼の妻であるユフィーナの姿が現れない。

船を待っていた群衆たちも、それに気がついたようで、辺りが騒然としてきた。

カーチェスは船着き場に駆け寄り、そこにいた知り合いの貴族に声をかけた。

「おい、リューノ！　リューノ＝ディノ!!」

リューノと呼ばれた青年は、眠そうな目を精一杯あけながらカーチェスの方を見ると、小さく手を上げた。

「やあやあこれは、カーチェス殿ではありませんか」

彼はマーロン王夫妻と共にベルゼニア帝国に行っていた男だった。呑気《のんき》そうな見た目とは裏腹に、文武両道の優秀な男であったため、マーロン王の一時的な、護衛も兼ねた付き人を任命されたのだ。

「わざわざ出迎えてくださるとは、嬉しいですぞ」

「お前を出迎えるために来たわけじゃない。……どういうことだ。何故、王たちは出てこない？」

「……いやはや、参りましたなあ。やはり、こうなってしまいましたか」

リューノは困惑している群衆を見渡した後、カーチェスの顔に目を戻すと、次にこう言った。

「マーロン王とユフィーナ王妃は、この船には乗っておりませんですぞ」

「！　二人はベルゼニアから帰って来ないというのか‼」

「正確には数名の近臣と侍従も、ですがね。まあ、つまるところ、ちょっとしたトラブルがあったのであります」

「トラブル、だと……」

カーチェスはリューノの両肩を強く押さえ、揺さぶりながら問い詰めた。

「言え！　一体何が起こったというのだ」

「いたた、今日のカーチェス殿は、なんだかえらく気性が激しいですぞ……。仕方ありませんな、本当は箝口令《かんこうれい》が敷かれているのですが、他ならぬカーチェス殿の頼みとあれば、無下にはできないのであります」

「能書きはいい。さっさと教え——」

「ユフィーナ王妃が、ご病気になられたのですよ」

カーチェスの顔が、一気に青ざめた。

「病気だと⁉」

「心配しなくても大丈夫ですぞ。命に関わるような病気ではありません。ただ、念のためもうしばらくベルゼニアに滞在して、療養に当たるとのことなのであります。無理に帰国なさっても、王妃の体に障《さわ》りますからな」

「では、マーロン王も――」

「その付き添い、ということで一緒に残っておられますぞ。ただ、王がいつまでも戻ってこないというのはさすがに支障がありますので、王妃の様子を見て、先にご帰国なさるとは思いますが」

「そんな……ユフィーナ……王妃が……」

カーチェスはリューノの肩から手を離すと、そのままふらふらと、人込みの中に入っていった。

（命に別条がないとはいえ……心配だ。できるならばすぐにでもベルゼニアに行ってやりたいが……しかし……ああ、ユフィーナ、俺はどうしたら……！）

カーチェスは懐に手を入れ、そこにあった金の鍵を力強く握りしめた。

8

サテリアジスはベッドから起き上がると、横ですやすやと寝息を立てているユフィーナの顔を見つめた。

（フッ、昨晩はだいぶ乱れていたからな。よほど疲れたと見える）

今まで男に満足させてもらったことがあまりなかったのだろう。ゆっくり休ませておいてあげるか。

そのままサテリアジスはベッドを出て、服を着始めた。布が彼の身体のそこかしこにある傷口に擦れて、かすかな痛みが走った。

（……マーロン兵は思ったほどではなかったが……ドナルド侯爵め、奴があれほどの手練《てだ》れだったとは……見た目で油断したのが失敗だった）

リザ・アのドナルド侯爵は、奇行で知られる人物だった。男の癖に厚化粧をしており、怪しい香水の匂いを常に身にまとっているような男だった。

かといって性的倒錯者《とうさく》というわけでもなかったようで、いわゆるまじないや願掛けのような意味で化粧をしていたらしい。サテリアジスがこれまでに彼と対面したのは数えるほどだったが、その見た目のインパクトから、サテリアジスはドナルド侯爵をただの変人としてしか見ていなかった。

（なるべく殺さないようにと、手加減さえしなければ、もう少したやすかったのだろうがな……。まあいい、どのみちもう彼は、二度と剣を握ることはできない……両腕を吹き飛ばされてはな）

誰にそんな目に遭わされたのかすら、もうドナルド侯爵は覚えてはいないのだ。

サテリアジスが部屋を出ると、そこにはアイアールが待ち構えていた。

今日は少女の方の姿だった。

「やあ、おはよう。アイアール」

サテリアジスがにこやかな顔で挨拶するのとは対照的に、アイアールはまったくの無表情でこう彼に要求してきた。

「渡せ」

「ん？　何をだ？」

「とぼけるな。『大罪の器』だよ。彼女が持っていたはずだ」

アイアールは彼の眼前に手を広げ、早く渡すように催促した。

しかし、サテリアジスはあっさりと、こう言い放った。

「そんなものは持っていなかったぞ、ユフィーナは」

「……そんなわけはない。彼女が隠しているのではないか？」

「『色欲』の術にかかったユフィーナが、僕に嘘を言うわけはないだろう。彼女『大罪の器』なんて見たことも聞いたこともないって言ってたぞ」

アイアールは鋭い目つきでサテリアジスを睨んだ後、しばらく何か考え事をするようにその場をうろうろし、次にこう言ってきた。

「彼女の身に着けていた衣服・装飾品、すべてを私に渡せ。その中に必ず『大罪の器』があるはずだ」

「それなら、衣裳部屋にまとめておいてある。一番手前の棚にあるから、すぐにわかるはず――」

サテリアジスが言い終わらないうちに、アイアールは衣裳部屋に走っていった。

（やれやれ、忙しいことだ）

サテリアジスはそのまま、アイアールとは反対方向に歩いていき、一階への階段を上っていった。

ユフィーナがアスモディンで行方不明になったことで、情勢が非常にゴタゴタしていた。グラスレッド侯爵が再起不能になった今、サテリアジスも未熟ながら政治に参加し、それなりに実務をこなす必要があった。グラスレッド侯爵以外にも、父の代からの側近が何人か健在だったため、今のところそれほど大変ではないが、やはり以前よりは忙しくなった。

そんな混乱とは裏腹に、表向きはユフィーナが攫われたことはマーロン国王の指示によって隠避《いんぴ》されていた。マーロンの王であり、かつジュピテイル皇帝の次男でもあるマルチウス＝マーロンは、これが原因でマーロンとベルゼニアの間に亀裂が走るのを恐れたのだろう。マーロン国は今、ベルゼニア帝国の後ろ盾を失うわけにはいかないからだ。

一方のベルゼニア帝国としても、身内である王妃が領地内で行方不明になったと知られれば、国際的に大恥をかくことになる。よってアスモディン領主であるサテリアジスには、この件を含む女性連続失踪事件の全貌を解明し、ユフィーナを即刻見つけ出すよう、皇家から厳命《げんめい》が下されていた。

（まあ、僕に命じたところで、見つかるはずないんだけどね）

皇家の人間もまさか、自分たちが命令した領主自身が犯人などとは、思ってもいないのだろう。

ヴェノマニア・ハーレム
現在の人数・八名

The Lunacy Of Duke Venomania

第五章　メイリス＝ベルゼニア

1

〈──報告書──〉


アスモディン地方における連続女性失踪事件については、依然、解決の糸口すら掴めておりません。

リザ・アでユフィーナ王妃が行方不明になって以降も、女性の失踪は続いており、その数は現在、十五人にまで達しております（ユフィーナ王妃の件については秘匿《ひとく》されているため、公の発表では十四人ということになっております）。

そのいずれも、失踪前後の明確な目撃情報が得られていない状況です。

前任のフェルディナンド侯爵は、犯人と疑わしき人物を何人かリストアップしていたようですが、その資料も彼が屋敷で家人共々殺された際に犯人に持ち出されたようで、行方不明です。

彼の死によって私の部下にも動揺が広がっております。

ヴェノマニア公爵、グラスレッド侯爵、ドナルド侯爵、そしてフェルディナンド侯爵――これで四人ものアスモディン貴族が襲撃されたことになりますので、それもしょうがないことなのかもしれません。

部下の中には、これは悪魔、あるいは神の所業だと言い出す者までいる始末です。

以下に、ご要望のありました人名リストを記載いたします。
ユフィーナ王妃以降に失踪した女性のリストです。

ソニッカ＝ソニク　十九歳　貴族
ラズリ＝ブルー　十五歳　職業不明
プリエマ＝ソープ　三十歳　無職
リリエン＝ターナ　二十四歳　パン屋
ミュータント＝ルシャ　二十九歳　宝石屋
テット＝セトラ　三十一歳　士爵（騎士）
リオ＝ネジャ　十六歳　メイド

前回のリストと合わせて、ご参照くだされば幸いです。
調査の方は引き続き行っていきますので、何か新しい事実が判明いたしましたら随時、ご報告いたします。

調査員　ネルネル＝ネルネ〉

ベルゼニア帝国第三皇女・メイリス＝ベルゼニアは、報告書に目を通した後、深くため息を吐いた。

「進展はなし……か」

彼女の前には、寵臣であるコンチータ男爵が神妙な面持ちで立っている。

「他の者からの報告も、大体同じような状況です」

メイリスは、アスモディンで起こっている連続女性失踪事件を、手勢を使って密《ひそ》かに調べていた。

調査を始めたきっかけは、グラスレッド侯爵から受けたこの件についての報告だった。その時、長兄のヤヌス皇太子は急用で席を外しており、たまたま暇だったメイリスが代わりに報告を聞いたのだ。

彼女は、平和で退屈なベルゼニア帝国の一領地で起こっているセンセーショナルな事件に興味を持った。グラスレッド侯爵にはそのまま、この事件について念入りに調査するように命じ、自分がその陣頭指揮に立つことにした。

とはいえ、最初のうちは正直、遊び半分のようなものだった。所詮は北の辺境地で起こっている事件に過ぎない。本来ならそこの領主に任せておけばよい程度の、何てことはない事件だと、彼女はタカをくくっていた。

だが、ラサランドにあるグラスレッド侯爵の家が襲われ、さらにリザ・アのドナルド侯爵邸への襲撃、そして義姉・ユフィーナの行方不明――状況は只事《ただごと》ではなくなってきた。

グラスレッド侯爵が乱心してしまったため、メイリスは次にアスモディンの南にある町・ミスティカに住むフェルディナンド侯爵に調査を命じた。彼は皇家、特にメイリスへの忠誠に篤《あつ》い男だった。だが、その忠実さはあまりに度が過ぎるというか、時折メイリスは、彼が自分に向ける熱い視線にある種の気味悪さすら感じてしまい、あまり彼のことが好きではなかった。しかし、他に優秀な適任者も思い浮かばなかったため、背に腹は代えられなかった。

そのフェルディナンド侯爵だが、ちょうど十二人目の女性――リリエン＝ターナが失踪した頃に、屋敷で殺されているのが発見された。リリエンも彼と同じミスティカの町在住だったので、おそらくは同一犯の仕業だろう。

（でも、これほど堂々と人が殺され、女性が消えている。それなのになんの手がかりも目撃者もないなんて、いくらなんでもおかしすぎるわ）

次兄のマーロン王・マルチウスの方も、必死でユフィーナの捜索を行っていた。あれほど取り乱している兄の姿を見るのは、メイリスにとって初めてのことだった。無理もない、なにしろ自分と同じ屋根の下に泊まっていたはずの妻が、夜のうちに忽然《こつぜん》と姿を消してしまっていたのだから。

「しかし、ユフィーナ王妃が病気療養中だと両国に偽り続けるのも、そろそろ限界でしょうね」

コンチータ男爵は首の後ろに手をおいて、コキコキと肩を鳴らした。

彼も毎日のように調査の取りまとめに追われて、疲れが溜《た》まっているようであった。

「マルチウス兄様の様子はどうだった？　コンチータ男爵」

マルチウスはマーロン国に一旦、帰国していた。マーロンの国王である彼は、あまり長い間自国を留守にしているわけにはいかなかったのだ。コンチータ男爵の知り合いにマーロンの貴族がいると言うので、メイリスはせっかくだから、と男爵を通してマルチウスの様子について文で送ってもらうよう頼んでおいたのだ。

別に兄のことが心配なわけではない。むしろその逆で、メイリスは小心者のマルチウスを心の中で軽蔑《けいべつ》していた。彼と結婚する羽目になったユフィーナに同情していたくらいだ。

しかしまあ、嫌いだからこそ気になる——人間とは往々にしてそんなものだ。それはメイリスも例外ではなかった。

コンチータ男爵は咳払いを一つした後、返答を始めた。

「……憔悴《しょうすい》しきっておられるようです。手がかりがないことに業《ごう》を煮やしたのか、ついには『魔道師』への調査依頼を検討し始めたようです」

「魔道師？」

「メイリス皇女もご存じでしょう。十年前、ミスティカの干ばつを救ったという魔道師——彼女が今、マーロン国にいるそうなのです」

「あー、あれね……。あほらし」

メイリスは不機嫌な顔を目の前の男爵に隠そうとしなかった。彼女は「魔道師」や「魔術」といった、怪しげなものを全般的に毛嫌いしていた。メイリスにしてみれば、そんなものは詐欺師が相手をたぶらかすために使う文句の一つとしか思えなかったのだ。

「本物の『魔道師』なんてのが存在したなら、世の中はもっと面白いことになってるでしょうに」

「しかし、その昔に存在したという魔道王国レヴィアンタには、そのような本物の『魔道師』が多数存在したという伝承も――」

「あー、やめてやめて。そんなくだらない議論に時間を割きたくないわ。今はアスモディンの事件の一刻も早い解決。それが最重要課題よ」

「……そうですね。ですが、これ以上の手掛かりがなければどうにも……」

「誰かいないの⁉　事件を解決できそうな、優秀な人材は！」

メイリスは思わず大声を上げたが、コンチータ男爵に当たってもしょうがないことはわかっていた。フェルディナンド侯爵亡き今、メイリスの思い当たる適任者は残っていなかったのだ。

「……調査にふさわしい人間かはわかりませんが」

しばしの沈黙の後、コンチータ男爵がこう切り出してきた。

「一人、この件を任せてみたい者がおります」

「へえ。誰よ？　それは」

「マルチウス様のご様子について連絡を取り合った私の友人……彼が今、この皇城に来ております」

「あっそ。遠路はるばるご苦労なことね。で、なんでその人が適任者なの？」

メイリスの質問に対し、コンチータ男爵はしばらく答えようとはしなかった。彼は何やら、迷っている様子だった。

「……メイリス皇女のお耳に入れて良いものかどうか。なにしろ、込み入った事情でして……」

「今さら隠し事はなしよ、男爵」

メイリスの力強い物言いに、男爵は覚悟を決めたようだった。

「では、その事情については、本人に直接、話してもらうことにしましょう……入っていいぞ、カーチェス」

その声を合図に、青髪の若い男が、扉を開けて二人のいる部屋に入ってきた。

「お初にお目にかかります、メイリス皇女。わたくしはマーロン国伯爵・カーチェス＝クリムと申します」

男はメイリスの前に跪いた。

2

ミクリアは上機嫌だった。

アイアールから「贈り物」をもらったからだ。

「お人形さん♪　おめかししましょーねー」

彼女は自分の部屋で、目の前にある陶器人形に化粧を施していた。

ある時、アイアールがサテリアジスと共にどこかに出かけて行ったことがあった。その際、アイアールは「人の身体」を屋敷に置いて、赤猫の姿で出かけていき、その「身体」の管理を任されたのがミクリアだった。

数日後、アイアールが再び屋敷に戻ってきた時、彼女は自分の「身体」の状態に驚くこととなった。アイアールの「身体」はミクリアによって服を着替えさせられ、顔には化粧が塗りたくられ、髪の所々に花が活けられていたのである。ミクリアは、アイアールの「身体」を人形代わりにして遊んでいたのだ。

アイアールはミクリアを叱る代わりに、彼女に一体の人形をプレゼントした。

驚いたことに、それは緑髪をツインテールにした、ミクリアそっくりの人形だったのだ。

「私の『身体』で遊ばれてはかなわん。代わりにそれで人形遊びをやれ」

アイアールはそう言っていた。

何故アイアールが、そんな人形を持っていたのか。ミクリアにはわからなかったが、彼女は細かいことを気にするタイプではなかった。

ミクリアはただ、自分が贈り物をもらったことを素直に喜んだ。

それは、彼女が親や他人から、してもらったことのないことだったからだ。


ルカーナは上機嫌だった。

彼女は自分が、外の世界への未練を断ち切ったものと思い込んでいたが、どうやらそうではなかったようだ。

ある時、新たに屋敷にやってきた女性の姿を見て、ルカーナは大いに驚くこととなった。

リリエン＝ターナ——故郷・ミスティカの幼馴染が、彼女と同様にサテリアジスに籠絡され、ハーレム入りしたのである。

リリエンはミスティカで、父親と共にパン屋を営んでいた。そのパン屋はルカーナの仕立屋の、通りを挟んだ目の前にあったため、二人は幼い頃から、よく一緒に遊んだ。

リリエンとルカーナ、そしてもう一人、農夫の息子であるラージフという男の子がいたのだが、三人はいつも仲良しだった。大した娯楽もないミスティカの町で、三人は無理矢理にでも面白いことを探し、それを全力で楽しもうとしたものだ。

大人になり、それぞれが家の仕事を手伝うようになってからは、一緒にいることも少なくなったけれど、それでも友達だと、お互いにずっと思っていたのだ。

もう会えないと思っていたリリエンと再会できた——それはルカーナにとっては大きな喜びだった。

それはリリエンもまた、同じだった。リリエンはルカーナがいなくなってからずっと、彼女の身を案じていたらしい。

二人はまた、昔のように一緒にいることになった。違うのはただ二つ、この場にはもう一人の友人・ラージフがいないことと、二人には共通の「恋人」がいる、ということだ。

だが、このことはルカーナに、ある異変をもたらすことになった。

リリエンがサテリアジスに抱かれる夜には、ルカーナは今まで感じたことのない、不思議な思いにさいなまれることになったのだ。

その気持ちの正体がなんなのか、この時のルカーナにはまだ、わかっていなかった。


グミナは上機嫌だった。

最近はハーレムでの煩《わずら》わしい人間関係に、悩まされることが少なくなってきたからだ。

ハーレムも人が増えてきた。それに伴《ともな》って、グミナと価値観を同じくする貴族出身の女性も多くなっていた。

中でもソニッカ＝ソニクとは同じ貴族、なおかつ人種も同じエルフェ人とあって、とても馬が合った。それから、テット＝セトラという女性。彼女は軍人であったが、貴族社会にも理解のある人だったので、彼女とも仲良くなれた。

ミクリアやローランとは相変わらず険悪なままだったが、ミクリアは最近、人形遊びに夢中で籠りっきりだったし、ローランも「体調が悪い」といって、この頃はほとんど部屋から出てこなくなってしまった。

（ローラン……大丈夫かしら）

今のグミナには彼女を気遣う余裕も出てきた。ハーレムの暮らしが長くなり、色々な立場の人間と接するようになったことで、グミナは庶民の風習や考え方についても理解するようになってきていた。

（ううん……昔のわたくし——子供の頃のわたくしは、ずっとそうだったはず）

自分は子供の頃、よく工房街で遊んでいたではないか。その頃から職人たちと接し、彼らの生き方をずっと見てきたはずだ。

（いつのまにわたくしは、あの頃の気持ちを忘れてしまっていたのだろう……そう、あの頃はわたくしとサティ、それに『　　』と三人で……あれ？）

どうしても一人、名前と顔の思い出せない人物がいた。昔からの友達、そして、その人は自分にとって——。

そんなことを考えていると、グミナはなんだか無性に、絵が描きたくなってくるのである。

必要な道具は、サテリアジスに頼んで用意してもらっていた。

（……久しぶりに、描いてみるかな）

グミナは筆を手に取った。

アイアールは不機嫌だった。

ユフィーナは結局、「大罪の器」を持ってはいなかった。

その後、再びテット＝セトラより「大罪の器がミスティカ近くの遺跡にある」という情報を得たので、サテリアジスと共に赴いたが、それもまた、ガセであった。

さらにその後、サテリアジスがテットすら誘惑してハーレム入りさせてしまったので、ベルゼニアにおけるそれらの情報も滞り始めていた。

（ユフィーナの件で、他の奴らは軒並み、尻込みし始めているからな）

そろそろ限界なのかもしれない――そうアイアールは思い始めていた。

「大罪の器」がある限り、サテリアジスの所業が公になり、彼が破滅することはない。

だが、彼女には一つだけ、気がかりなことがあった。

（騒ぎが大きくなれば――そろそろ『あいつ』が感づき始めるやもしれん）

その『あいつ』とは、アイアールにとって『宿敵』とも呼べる存在だった。

（『大罪の器』さえ集まれば……残り六つ……いや、『五つ』か）

アイアールが色々と考え事をしていると、部屋のドアが大きな音でドンドンと鳴らされた。

ドアの向こうから、声が聞こえてくる。

「ハル～～、いるの～～⁉　ハクアだよ～～‼　暇なら一緒に遊びましょ～～‼」

……もうそろそろ、限界なのかもしれない、色々と。

3

「フフ……ハハハハハハッ‼　いやー、これは驚いたわね」

カーチェス＝クリムから話を聞いたメイリスは、大きな高笑いをあげた。

「ユフィーナ義姉さんも隅《すみ》に置けないわねえ、ちゃっかりとこんな愛人を抱えてた、だなんて！」

メイリスはなおも笑い続けた。カーチェスが苦虫を噛み潰したような顔をしても、お構いなしだった。

「それで……結局のところ、わたくしがこの国で調査することをお許しいただけるのですか？　メイリス皇女」

「いいわよいいわよ。勝手にやって頂戴《ちょうだい》な。恋人がいなくなって、国の発表に疑問を持った挙句《あげく》、王に迫って真実を吐かせた上に、ついには自ら外国まで探しに来ちゃう……熱いじゃない。気に入ったわ」

メイリスは満足そうに二回ほど頷いた。

「これまでの調査資料も全部、見せてあげる。……いいじゃない。頑張って恋人を探してよ。あなたの執念に期待するわ、カーチェス＝クリム」

コンチータ男爵が、カーチェスに分厚い紙の束を手渡した。

「これまでの調査をまとめたものだ。特にユフィーナ王妃の件については、機密情報も多数含まれている故、取り扱いは慎重にな」

「わかった……ありがとう、トーイ。それに……メイリス皇女も。感謝いたします」

「報告は随時お願いね♪　各地の貴族への取次ぎが必要なら、コンチータ男爵に言いつけてやって」

「わかりました。早速……まずはこの資料に目を通し、気になった場所を当たってみようと思います。では、失礼いたします」

カーチェスは一礼した後、身を翻《ひるがえ》して部屋を去っていった。

ドアが閉じた瞬間、メイリスは再び笑い出した。

「フフフ。いやーいいねえ。不倫……か」

コンチータ男爵はばつが悪そうな顔をしつつ、メイリスに進言した。

「内容が内容ゆえ、くれぐれも……御兄弟には内密に」

「わかってるわよ、それくらいは」

その後もしばらくずっと、メイリスはにやけ続けていた。


カーチェスは滞在している宿に戻った後、早速調査書を読み始めた。

そこには、これまでの事件の経緯や行方不明になった女性たちの名前や年齢、職業、いなくなった時の状況などが詳細に書かれていた。

カーチェスはそれらを一字一句逃さぬよう、頭に叩きこんでいった。途中で腹が空いたので食事をとることにしたが、その間ですら資料から目を離さなかった。

〈ルカーナ＝オクト　二十歳　仕立屋
ラサランドの新年祭に参加するため、ミスティカの町を出発後、行方不明。ラサランドにいる自分の伯父を訪ねて行ったはずだったが、その伯父の証言によると、彼女は自分の元へはやってこなかった、ということである。

ミクリア＝グリオニオ　十八歳　農民
朝食の時間になっても食卓に姿を現さなかったため、母親が寝室に起こしに行ったところ、すでに姿を消していた。

グミナ＝グラスレッド　二十一歳　貴族
自宅から侍従のカロル＝シールズと共に姿を消す。邸内に多数の死者が発見されたが、生存者の記憶が概《おおむ》ね曖昧《あいまい》なため、詳細不明。

（さて……まずはどこから調べようか。いずれにせよ、まずはアスモディンに行かなければ話にならないが……）
カーチェスは調査書に同封されていた、ベルゼニアの地図を机の上に広げた。
（ルコルベニから一番近いのは……ここだな。この町では女性が二人も行方不明になっている。それ

に、事件について調べていたフェルディナンド侯爵も、ここで殺されている）
カーチェスはまず、アスモディン地方最南端の町・ミスティカを訪れることにした。

4

ルコルベニから北へ向かい、砂漠を一つ、山脈を一つ越えると、ミスティカの町にたどり着いた。

カーチェスはまず、今は亡きフェルディナンド侯爵の屋敷にやってきた。そこには現在、侯爵の甥が住んでおり、伯父の仕事を引き継いでいる。

カーチェスは屋敷の応接間に通され、そこで侯爵の甥と対面した。

「……一家全員、皆殺しだったそうで」

カーチェスが話を切り出すと、侯爵の甥は渋い顔をした。

「侍従も含めて……ね。そのせいで俺もこんな僻地《へきち》に飛ばされ――、ああ御免なさい、今のは聞かなかったことにしてください」

「犯人の目星は？」

報告書を読んだ時点で、返ってくる答えはわかりきっていたが、カーチェスはあえて訊いた。

「いえ、まったく。普通に考えれば、同時期にいなくなったリリエン＝ターナが疑わしいわけですが、……貴族であった伯父・フェルディナンドとパン屋のリリエンにはまったく接点がなかった。それに加えて、他の町で起こっている女性失踪や貴族邸の襲撃をこの件と関連づけるならば――」

「リリエンが犯人とは考えにくい……というわけですか。事件の前後に、誰か別の人物がこの町に出入りしていた、という話は？」

「皇女への報告書に書いた通りですよ。そんなものはまったくありません」

「……それは本当なのですか？」

「嘘をつく理由がないでしょう」

侯爵の甥が言うことはもっともであったが、ここで引き下がっては、わざわざやってきた意味がない。カーチェスは「どんな些細《ささい》なことでもいい。何か気になる情報はないのですか？」と食い下がった。

甥はしばらく無言だったが、やがてぽつりと、こう切り出した。

「……実は一人だけ、他とは違う証言をしている者がいます」

「それは誰ですか？」

「リリエン＝ターナの知り合いで、ラージフという男なのですが……ただの妄言だと思い、報告書には記載しませんでした。幼馴染が突然いなくなって、頭がおかしくなってしまったのだろう――周りの人間も皆、そう言っていましたから」

「その彼は、具体的に何と？」

「『フェルディナンド伯爵を殺し、リリエンを攫ったのはヴェノマニア公爵だ』と」

「ヴェノマニア公……このアスモディンの領主でもある方ですね」

カーチェスの見た報告書には、一連の貴族邸襲撃の最初の犠牲者として記されていた。先代のイーロット＝ヴェノマニア公が家人共々殺害され、現在は唯一の生き残りである息子のサテリアジスが領主の座と公爵位を継いだ、という話だった。

「馬鹿げた話です。公爵はこの町にやって来てなんていない。そんなの、誰も見ていないんですから」

確かにその通りではあった。その地方の領主が辺境の町にわざわざやってくれば、さすがに誰かに気づかれるだろう。

（しかし、そもそも一連の事件には、誰も目撃者がいないということだった……たとえ妄言であったとして、訊いてみる価値はあるかもしれない）

「そのラージフという男は、今はどこに？」

「最近はろくに仕事もせず、酒場に入り浸っているとのことですが」

「どこの酒場ですか？」

「さあ、それは何とも……」

「わかった。あとはこちらで探してみます。中々面白い話が聞けました、ありがとうございます」

カーチェスは屋敷を後にしたその足で、今度はミスティカの酒場をしらみ潰しに回ることにした。

カーチェス＝クリムの事件調査、そしてユフィーナ探しの旅は、まだ始まったばかりであった。

5

〈――報告書――〉

アスモディン地方における連続女性失踪事件について、わたくしが調査を始めてから、ちょうど一カ月が経ちました。

その間に、また新たに一人、女性が失踪してしまいました。なんでも、その少し前に夫を事故で亡くしたばかりの未亡人だったそうです。彼女に関しては、傷心ゆえに自ら失踪した、という話もあるようですが、わたくしはこの件についても、一連の失踪事件と関わりのあるものと考えております。

周辺の聞き込みを行ってみたところ、彼女――ミッキーナ＝オルリバがいなくなる前後の、彼女についての目撃証言がまったく得られなかったからです。これは今までの手口と酷似《こくじ》しています。

犯人について、まだ完全に確定したわけではありませんが、わたくしは『ある人物』が、この事件と何らかの形で関わっているという確信に至りました。

その人物に関する、いくつかの目撃証言も得ることができました。

ただ、それら証言者の話のほとんどが、他の大多数の人間の話と大幅に食い違っているため、現状では虚言《きょげん》である可能性も高いです。

また、新たな事実として、その人物についての証言者、そのすべてが、同一の宗派を信仰している事実も判明しました。

よって、その宗派が共謀して、その人物を陥《おとし》れようとしている、ということもあり得ます。

調査は慎重を期すべきですが、やはり一度、その人物に直接会って話を聞いてみるべきだと判断しました。

そこで、メイリス皇女に、わたくしがその人物と面会できるよう、取り計らっていただきたいのです。

その人物の名前については、後日、直接会った時にお話しします。

この報告書があなたの元に届いた二、三日後には、わたくしもそちらに赴けるかと思います。

カーチェス＝クリム〉

カーチェス＝クリムから送られてきた報告書に目を通しながら、深くため息を吐く人物がいた。

メイリスではない。それを読んでいるのは、彼女の臣下であるコンチータ男爵だった。

その報告書が届いたのが、ちょうど三日前。つまり、今日にはカーチェスが、この皇城に戻ってくるということだ。

コンチータ男爵は、城の正門前でカーチェスを待っていた。貴族だとはいえ、外国人であるカーチェスが城に入るには、皇家、あるいはその直属の配下の付き添いが必要になる。だから、前回カーチェスがやってきた時も、コンチータ男爵はまず城の外で彼と会い、それから城に同行したのだ。

しかし今回、コンチータ男爵は彼を城に招き入れるつもりはなかった。

そんな時間の余裕は、もう男爵には残されていなかったのだ。

正門前に一台の馬車が止まり、中からカーチェスが顔を出した。

「やあ、トーイ。出迎え、ありが――」

「よし、行くぞ。カーチェス」

コンチータ男爵はすぐさま、カーチェスが乗ってきた馬車に乗り込み、御者に来た道を引き返すように命じた。御者は戸惑っていたが、男爵が一喝すると、素直に馬車を出発させた。

「おい待て、トーイ。一体どういうことだ⁉」

困惑するカーチェスに対し、コンチータ男爵は静かな声でこう言った。

「……このまま、アスモディンに向かう。悪いが、お前にも協力してもらおうと思っている」

「いやいや、何が何だか、よくわからない。俺はこれから、メイリス皇女に会って報告を――」

「それは無理だ。皇女は今、城にはいない」

「何⁉　なんだ、どこかに出かけているのか？」

「そうだったらよかったんだがな……」

馬車が走り続ける中、コンチータ男爵は一度、口に溜まったつばを飲み込み、そして次にこう言った。

「姿を消したんだよ……城から。忽然とな」

6

ベルゼニア帝国第三皇女・メイリス＝ベルゼニア。

ジュピテイル皇帝にとっては高齢になってから生まれた子だったため、彼女は幼い頃から、兄や姉たち以上に可愛がられてきた。

帝位継承権は有していたが、兄弟が上に四人もいる以上、彼女にお鉢《はち》が回ってくる可能性は低かった。それもあって、メイリスは堅苦しい帝王学を受けさせられることもなく、わりと奔放《ほんぽう》な育て方をされた。

結果として、メイリスは性格に歪みが出ることもなく、純真でまっすぐに成長した、と言える。だがそれは、彼女に対して好意的に評価した場合の物言いであり、世間でのメイリスの呼び名と言えば「お転婆《てんば》皇女」「じゃじゃ馬姫」といったものであった。

貴族たちの中には「皇家の品位が落ちる」と彼女を裏で批判する者もいたが、当の本人はそんなことはお構いなしだった。

どうせ帝位を継ぐわけでもない。せめて結婚するまでは、自由にやっていたって良いじゃない――そんな様子で、メイリスは常に気ままに、やりたいようにやってきたのだ。

とはいえ、何もかもが自由、というわけではなかった。城から出ることに関しては制限されていたし、何より彼女には、どうしても自分の自由にならないものが身近に一つ、存在した。

城内でのメイリスに対する評価はあまり高くなく、特に直属の臣下に任じられた者は、彼女の度を越えた我儘に耐え切れなくなり、職を辞する人間も少なくなかった。そんな彼女を諌《いさ》める者もいなかったため、皇女という立場にありながら、メイリスは城で孤立することも多かった。

一人だけ、メイリスに忠実で、彼女の勝手さに音を上げることなく付き添う部下がいた。

トーイ＝コンチータ男爵――メイリスが十四歳の時に臣下になった、この八つ年上の男を、メイリスはやがて兄のように慕うようになり、それはいつしか、恋心へと変わっていった。

しかし、それは叶うはずのない恋であった。

身分の違いだけの話ではない。コンチータ男爵にはすでに、愛する妻の存在があったのだ。仲睦《なかむつ》まじい夫婦であることは、メイリスもよく知っていた。何度か男爵の妻に会ったことがあるが、メイリスとは正反対の、おしとやかで物腰の柔らかい女性だった。

メイリスは自分の想いを封印し、コンチータ男爵とは純粋な主従関係のままでいようと心掛けるようにした。その頃から、メイリスの我儘は少しずつ、治まっていったのである。

吹っ切ったつもりだった。だが、義姉のユフィーナが不貞《ふてい》を働いていたことを知った時、メイリスは正直、「羨《うらや》ましい」と思ってしまった。同時に、自分にはユフィーナのように恋に走る勇気はないとも感じた。

改めて、義姉とちゃんと話したいと思った。彼女の想いを聞いてみたかった。しかし、そのユフィーナは今、行方不明だ。

相変わらず、芳《かんば》しい調査結果は彼女の元に届いていなかった。あの外国人、カーチェスだけは少しだけイイ線を行っているようだったが、まだ確信までには届いていないようであった。メイリスにとっては、それがもどかしくてたまらなかった。

（いっそのこと、城を抜け出して、アスモディンに出向いちゃおうかしら？）

そんなことまで考えるようになっていた。「お転婆皇女」の本性が、久々に顔を出し始めていたのだ。

そんな折、ユフィーナを含む女性失踪について調べていた手駒の一人が、メイリスへの直接の目通りを願ってきた。コンチータ男爵を通さずに直接、である。聞けば、何か、新たな事実が見つかった、誰にも内密に、メイリス皇女だけに話したい、とのことだった。

メイリスは興味を引かれたが、実際に城でそれを行うのは難しかった。一介の調査員が、皇女と二人きりで会うことなど、許可が下りるはずもない。その調査員も結局は諦めて、調査の継続のためにアスモディンへと戻っていってしまった。

メイリスはずっと、そのことを気がかりにしていた。彼女の直感が、「これはきっと、何かある」と告げていた。

それは単なる、都合の良い解釈だったのかもしれない。とどのつまり、メイリスは城を抜け出すための口実を探していたのだ。

そしてある日——カーチェスからの報告書が届く前日に、メイリスは城から姿を消したのである。

7

まさか皇女が自《みず》ら、直接会いに来てくれるなど思ってもいなかったようで、女性調査員・ネルネル

＝ネルネは目を丸くしていた。

ラサランドの郊外にある、ほとんど客がいないような小さな酒場で、二人は会うことになった。

「髪……お切りになったんですね」

ネルネルは差しさわりのない話から切り出してきた。

メイリスは長い髪を、城を抜け出す際に短く切った。緩くウェーブのかかったショートヘアも、スレンダーな彼女にはよく似合っていた。

「まあ、ちょっとした変装も兼ねて、ってところかな。……それじゃあ、話してもらおうかしら、『新たな事実』とやらを」

メイリスは身を乗り出して、ネルネルに顔を近づけた。

しかしネルネルは、周りをキョロキョロと見まわした後、こう答えた。

「それは……ちょっとここでは……」

「何よ、せっかく城を抜け出してまでわざわざアスモディンにやってきたっていうのに、今さら出し惜しみするつもり⁉」

「いえ、そういうわけでは……できれば今夜、公爵様の屋敷までいらしていただきたいのです」

「公爵……ヴェノマニア公の屋敷？」

「はい。詳しい話はそこで、公爵様自らがお話になられます」

情報の出所はヴェノマニア公、というわけらしい。メイリスはしばらく考え込む仕草をした。

「……わかったわ。今夜ね」

「！　はい！　公爵様にはあらかじめ皇女が来ること、伝えておきます！　では！」

ネルネルはすぐに立ち上がると、喜び勇んで酒場を去っていった。

（うーん……怪しい。なんか臭うわね）

今さら、ヴェノマニア公が何か掴んだ？　これまで何の音沙汰もなかったのに？

仮にそうだとしても、それならば何故公爵自らが、メイリスに会いに来ないのか？　人に聞かせたくない話だとしても、ネルネルはともかく、「五公」の一人であるヴェノマニア公ならばメイリスとの二人きりの面談にも、おそらくは許可が下りるだろう。

（罠の臭いがぷんぷんと……しかーし!!）

メイリスは勢いよく、机に両の手を叩きつけた。

「虎穴に入らずんば虎児を得ず!!　いいじゃない、誘いに乗ってやるわ、ヴェノマニア公!!」

この時のメイリスは、危険に自ら立ち向かっていく、勇敢な自分に酔いしれていた。

こんな刺激的なことは、城の中にはなかったのだ。

その日の夜、約束通りにメイリスが公爵の屋敷を訪れると、ネルネルが門の前で待っていた。

「ようこそいらっしゃいました。公爵様はすでに中でお待ちです、どうぞ」

それはまるでヴェノマニア公の侍従であるかのような言い様だった。危険な予感がさらに強くなったが、メイリスは怯むことなく、ずかずかと屋敷の中へ足を踏み入れていく。

玄関ホールではすでに、この屋敷の主が待ち構えていた。

「初めまして、メイリス皇女……噂通りに、大変お美しい方だ」

「そりゃどうも。あなたも大層なハンサムだこと。そんな顔だと、女性にはずいぶんとおモテになるんじゃない？　サテリアジス＝ヴェノマニア公」

サテリアジスはメイリスに対し、跪くことすらせず、不遜な態度で笑みを浮かべていた。

自国の皇女に対して取っていい態度ではない。メイリスの疑念は、徐々に確信へと代わっていった。

「それで、話ってのはなんなの？　公爵」

「まあ、率直に申しますと……メイリス皇女、ベルゼニア一の美女と誉《ほま》れ高いあなたを、我が妻に迎えたいと思いましてね」

「……はあ⁉」

とんでもない話だったが、サテリアジスは冗談を言っているわけではなさそうだった。彼の後ろに控えているネルネルも、サテリアジスの発言にまったく動じていなかった。

「じゃあ、私からもはっきり言わせてもらおうかしら」

「どうぞ」

「……サテリアジス＝ヴェノマニア！　あなたが『女性連続失踪事件』の犯人ね‼」

メイリスはサテリアジスの眼前に人差し指を突きつけ、そう宣言した。

何の根拠も証拠もない発言だった。メイリスはかまをかけるつもりで、そう発したに過ぎなかった。

だが、サテリアジスは怒るでも呆れるでもなく、ただ不敵な笑いを保ったまま、こう白状したのだ。

「へぇ……そこまで突き止めていたとはね。メイリス＝ベルゼニア……どうやら思っていた以上に、切れ者のようだ」

（わお、大正解⁉　ええと、とりあえず、こんな時は……）

「あなたはもう終わりよ！　おとなしくユフィーナ義姉様や、他の女性の居所を吐きなさい‼」

「……彼女たちはこの屋敷にいるよ。屋敷の地下で、みんな楽しく、仲良く暮らしているよ。僕の妻として……ね」

とりあえず、全員生きてはいるようだ。メイリスはそれがわかっただけでも、少しだけ心の中で安堵した。

「嘘おっしゃい！　あなたに無理やり連れてこられて、楽しくいられているわけないでしょう‼」

「無理矢理？　何を言っている、彼女たちは皆、自らの意志でここにやってきたんだ。僕は背中を押してやったに過ぎない」

「……そんな出任せを、よくも抜けぬけと――」

「出任せじゃないさ。僕は最近になって、ようやく気がついたんだ」

玄関ホールには二階への階段があり、その途中には踊り場が存在した。サテリアジスは後ろを向くと、その踊り場まで上り、再びメイリスの方を向いた。

「身分違いの愛、家族の愛、家柄に縛られた愛、許されぬ愛……この屋敷へやってきた女性たちは皆、何らかの形で愛に飢《う》えていた。だけど愛なんてのは、必ずしも成就《じょうじゅ》するもんじゃない。メイリス皇女よ、あなたにはそんな覚えはないか？」

メイリスの脳裏に、コンチータ男爵の顔が浮かんだが、彼女はそれすぐに打ち消した。

「……ないわよ。そんなもの」

「そうか、ならばあなたは幸せ……いや、もしかしたら不幸だったのかもしれない。とにかく、僕は彼女たちの満たされないものを埋める術《すべ》を持っていた。そして彼女たちに新たな幸せを与えることができたんだよ。これは……『神』の所業だ。僕は女性を幸福にする『神』なんだよ」

これはサテリアジスの本心だった。彼は自分に宿った存在が「悪魔」でなく、実は「神」なのではないかと、本気で思い始めていた。

「わけのわからないことを……結局、あなたは何がしたいわけ？」

「今までの通りだよ。自分の気に入った女性をすべて自分の『妻』にする……それだけだ」

「この国では、一夫多妻は禁じられているわよ。戒律でね」

「ならば、その戒律を変えてしまえばいい」

「あほらし。そんなこと、できるわけないじゃない」

「できるさ。僕はその方法も知っているし、協力者もいる。……なんなら、全世界の女性を妻にする、というのもいいかもな。女がいなければ、男は子孫を残すことができない。こうすれば世界中が僕に従うしかなくなる」

なんと壮大でいかれた計画だ。あまりに馬鹿らしくて、メイリスは頭が痛くなってきた。

「少なくとも、わたしはあんたの妻になるつもりはないわ、決して」

「可哀想に。あなたは僕の妻になることが、いかに幸福なことか知らないからそんな風に言うんだ」

サテリアジスは踊り場から下に降りてくると、メイリスに顔を近づけた。

「試してみよう。君が本当に、僕の妻になる気がないかどうかを」

サテリアジスの瞳の色が変化していく。

そして――。

十八回目の『色欲』の術が、発動した。

8

コンチータ男爵やカーチェスたちの懸命な捜索にもかかわらず、ついにメイリス皇女が見つかることはなかった。

アスモディンに行ったところまでの足取りはつかめたが、そこから先の消息が、まったくわからなかったのである。

同時に、メイリスの配下だったネルネル＝ネルネも姿を消していたため、彼女と一緒に何らかの事件に巻き込まれた、あるいはネルネル自体が事件に関わっていると政府は推測した。

皇城では、皇家五兄弟のうち、行方不明になったメイリスとマーロンにいるマルチウスを除いた三人が、円卓を囲んでいた。

「いよいよ、状況は切迫してきたな。ユフィーナ殿に続き、メイリスまでも……」

長兄のヤヌスは眉をしかめた。ユフィーナの件も一大事であることは確かだったが、所詮、彼女は他国の王妃。夫であるマルチウス以外はどこか「対岸の火事」という心持ちだったのは否《いな》めなかった。

しかし、今回はそれよりさらに事態は深刻だった。第五位とはいえ、帝位継承権を持つ皇女の失踪――個人的な感情で言えば、幼い頃から可愛がっていた自分たちの妹がいなくなってしまったのだ。

「ああ、メイリス、なんということ……これは恐らく、エルフェゴートあたりの他国の陰謀《いんぼう》に違いないわ。ヤヌス兄様、即刻、戦争の準備を」

兄弟たちの中でも特にメイリスを可愛がっていた長女のフェブリアは、気が動転しているためか、無茶な持論を展開し始めた。もちろんヤヌスはこれを諌め彼女に落ち着くように言った。しかし、そのヤヌスでさえも、内心は穏やかなものではない。

この中で一番冷静だったのは次女のアプリリスだった。彼女は自分が得た情報を、兄たちに話し始めた。

「メイリスの配下であるコンチータ男爵からの報告によると、彼は一応、怪しいと思われる人物の目途が立っているようです」

「ならば早急に、その人物を捕らえるよう指示するのです、アプリリス！」

「フェブリア姉様、落ち着いてください。目途が立っている、というだけで、確《かく》たる証拠はまだないようなのです。ましてその相手とは、あの『五公』の一人……下手に動けば国のさらなる混乱を招きます」

実際にコンチータ男爵たちは、その相手――サテリアジスに会おうと、何度も彼の屋敷を訪れていた。だがその度に門前払いされ、それならば皇家に取り計らって約束を取り付けてもらおうとアプリリスに事情を話したが、彼女はその要求を断り、逆にサテリアジスが犯人であるとはっきりするまで、下手に動かないよう指示したのだ。

これほどの事件を引き起こせる相手……手練れのドナルド侯やフェルディナンド侯ですらあのよう

なことになったのを顧《かえり》みる限り、一介の臣下たちが動いたところで返り討ちにあうのが関の山だろう
——そう判断したのだ。

「悠長なことを言っている場合ではないわ！　早くメイリスを見つけてあげないと、犯人に何をされるか……いえ、もしかしたらもう殺されてしまっているかも……ああ、メイリス、ああ……」

「落ち着け、フェブリア」

「落ち着いてください、姉様」

「そうですよ、落ち着いてください」

三つ目の「落ち着いてください」は部屋の入り口から聞こえてきた。三人が一斉にそちらを向くと、そこにはマーロンに戻っていたはずの次兄、マルチウスの姿があった。

「マルチウス！　ベルゼニアに来ていたのか‼」

「メイリスが攫われたと聞きましてな。居ても立ってもいられなくなり、やってきたのです……大変なことになりましたな」

心労からか、マルチウスはすっかり痩せてしまっていた。とはいえ、それでも一般的には「太っている」部類に入る体型ではあったが。

「マーロン国の方は大丈夫なのか？　マルチウス」

「私はすぐに引き返しますよ、ヤヌス兄様。今回、私が来たのは『彼女』をここに連れてきたかった

からなのです……どうぞ、入ってきてくだされ」

マルチウスがドア越しに誰かに声をかけると、扉は開かれ、黒いローブを羽織った一人の女性が部屋に入ってきた。

「この件、ユフィーナやメイリスを含む失踪事件について、彼女に一任してもらいたいのです、兄様」

「……何者だ？　その者は」

ヤヌスは訝しげに、マルチウスが連れてきた女性を見た。毛先が巻かれた長い金髪は、前髪部分だけ短くしっかりと揃えられている。美人……ではあったが、単純にそう評するのを憚《はばか》ってしまう何か異様な雰囲気が、彼女にはあった。人と人形の中間にあるような、生気のない美しさ……そんな感じだろうか。

「もしかして……その方は⁉」

アプリリスには彼女に見覚えがあったようだ。驚きの表情を浮かべた後、席を立ちあがって彼女に近づき、礼をした。

「その節は……お世話になりました」

「あら？　どこかでお会いしたこと、あったかしら？」

感謝を述べるアプリリスに対し、相手の方には覚えがなかったようで、彼女は首をかしげて聞き返してきた。

「五年前、レタサンでの暴動騒ぎの時に、一度だけ――」

「ああ。そんなこと、あったわね。あなた、あの時の皇女様だったのね。そう言えばその体型、見覚えがある気がするわ」

金髪の女性は、ともすれば不敬《ふけい》にあたる言葉をさらりと吐いてから、にっこりと微笑んで見せた。

アプリリスは特に気にした様子も見せず、振り返ってヤヌスたちの方を見た。

「ヤヌス兄様、わたくしからもお願いいたします。この方なら、きっと今回の事件を解決してくださることでしょう」

「だから、彼女は何者なんだ、と聞いているんだ、さっきから！」

ヤヌスの苛立ちを察した黒いローブの女性は、さっと彼の前に歩み寄ると、静かに跪き、自己紹介を始めた。

「名乗るのが遅れました。わたくしこの度、マーロン王の勧めによって参りました『魔道師』エルルカ＝クロックワーカーと申します――」

ヴェノマニア・ハーレム
現在の人数・十八名

第六章　エルルカ＝クロックワーカー

The Lunacy Of Duke Venomania

1

メイリスがハーレム入りしたのと同じ頃、その地下では異変が起きていた。

ローラン＝イブが、自室のベッドで死んでいるのが発見されたのである。

最初にそれを見つけたのはルカーナだった。ローランはここ最近、ずっと床に伏せっていたので、彼女のために毎朝、食事を運んでいくのがルカーナの日課となっていた。

調子が悪いとはいっても食欲自体はあったようで、ローランは差し出された食事を毎日、残さず平らげていた。顔色も特に悪くなく、サテリアジスに求められればその相手もしっかりと務めていた。だからルカーナも、それほど深刻には考えていなかったのである。

その日の朝も、ルカーナはローランのために食事を運んだ。羊肉粥の入った器を机の上に置いた後、ルカーナは眠っているローランに声をかけた。

「ローラン、起きて。朝食を持ってきたわよ」

しかし、ローランは起き上がることはなかった。ルカーナはそっとしておいてやろうとも思ったが、粥は冷めてしまったら美味しくなくなってしまうし、それで後になって文句を言われるのも嫌だった。一応、軽く揺さぶって起こすくらいは試みておこうと思い、彼女の寝ているベッドに近づいた。

布団を半分ほど剥がしたところで、ルカーナは異常に気がついた。

ローランはうつぶせの状態で横たわっており、しかも全裸だった。そして彼女の褐色の肌は、もうすでに血が通っていないのがわかるほど、白くなっていたのだ。


死体を地下にそのまま置いておけば、腐敗してしまう。

ローランの亡骸は、アイアールに預けられることとなった。死体というのは思った以上に重いもので、ルカーナはそれをベッドから降ろすだけですら難儀《なんぎ》したのだが、その死体をアイアールは軽々と持ち上げ、そのまま階段を上がってどこかに運んでいってしまった。

その後の死体の行方をルカーナが訊いても、アイアールは何も答えなかった。

「前の日の晩にローランと会った時は、おかしな様子はなかったんだけどなあ。僕と別れた後、体調が急変したのか……」

ある日の深夜、ルカーナと一緒にベッドに寝そべっていたサテリアジスが、まるで他人事のように、そう呟いた。

ローランは何かしらの病魔に侵されていたのだろう。それが何の病気だったのか、医者でないルカーナには見当がつかなかったし、他の女性にも、医学の心得のあるものはいなかった。

今後も、こんなことがあるかもしれない——そう思うと、ルカーナは少し不安になった。ハーレムの女性の誰かが病気になっても、ここにはそれを診《み》てくれる医者がいない。外から呼ぶこともできない。

サテリアジスも、今回のことがきっかけでそれに気づいたようで「次に連れてくる女性は、医者にしよう」などと、冗談っぽく言った。

ルカーナにとってショックだったのは、サテリアジスがローランの死を、さほど悲しんでいなかったことだ。

「ローランのこと、何とも思わないのですか⁉」

ルカーナは珍しく――いや、ハーレム入りしてからは初めてのことだったかもしれない――、サテリアジスに対して怒りをあらわにした。

「そんなことはない……。悲しいさ、ローランが死んだことは本当に悲しい。だがね……これは仕方のないことなのだよ、ルカーナ」

サテリアジスの弁明は、ルカーナにとって、最初は意味のわからないものであった。

「『仕方がない』？　何が仕方ないっていうんですか⁉」

「君だって知っているだろう、僕の中にいる『存在』のことを。あれの力を保つため――つまり、ハーレムがこのままあり続けるためには、ある程度の犠牲はしょうがないんだよ」

「ローランは……『悪魔』に殺された――そういうことですか？」

「うーん。その言い方は少し語弊があるな……」

そこでサテリアジスはしばし、言葉を詰まらせた。

「……まあ、いいや。ルカーナ、君には特別に話しておこう。ローランだけでなく、君たち——ここにいる女性は全員、僕と交わるたびに、その精力を『悪魔』に捧《ささ》げているんだ……知らずのうちにね」

「!? では、私たちも、いずれローランのように——」

「いや、それは心配しなくていい。これには個人差があってね、ローランは特に精力が弱かったから、ああいうことになった。彼女は元々、男性への欲求が弱い……というよりも存在しなかったからね」

ローランは元々、同性愛者だった。その嗜好《しこう》を悪魔の力で無理矢理捻《ね》じ曲げた故の悲劇であった。

「精力——アイアールが言うには『魔力』と比例する類のものらしいが——ルカーナは特にそれが強いらしいから、少なくとも君が、ローランのようになることはないだろう」

「でも、他にもし、その……精力が弱い女性がいたとしたら——」

「……そうでないことを、祈るだけさ」

そこで話は終わりとなった。

サテリアジスがルカーナに事実をあっさりと打ち明けたのは、術にかかっている彼女がそれを知っても、特に問題がないことだと思っていたからだった。

術をかけられた女性は、サテリアジスに逆らわない——そういう風になっているのだ。

悪魔との共存が長くなるにつれて、彼の心には驕《おご》りが生まれ始めていた。

それは、そもそもルカーナが、ローランの一件でサテリアジスに抗議した——彼に逆らったという
ことすら、おかしいと思えないほどの、驕りだった。

2

いまだにサテリアジスの尻尾は掴めないままだ。
カーチェスは、苛立っていた。
コンチータ男爵はようやくサテリアジスに会うことはできたらしいが、現状、サテリアジスは被害
者の一人に過ぎない。あまり突っ込んだ話はできなかったようだ。
元々、カーチェスはベルゼニア帝国の人間ではない。皇家の命令を聞かなければならない道理もな
かった。無理矢理屋敷に踏み込んでやろうか、とも考えた。
だが、下手に動いて国外追放にでもされたら元も子もないし、何より、共に犯人捜しをしてくれて
いる協力者・コンチータ男爵の顔を潰すわけにもいかなかった。

とにかく今は、サテリアジスに関する情報を少しでも多く集めること――カーチェスにできるのは、それしかなかった。

確実な証拠さえあれば、皇家だって動かざるを得ないはずだ。

カーチェスは今、リザ・アの町で一人の老人と対面していた。

ここはユフィーナが行方不明になった場所であり、他にも姿を消した女性がいた場所でもあった。

だが、今重要なのはそれではなく、その老人が昔、ヴェノマニア公爵家で働いていたことがあるという事実だった。

「ウィットニス＝トゥルースと申します。……外国の方がこんな爺に、どんな御用ですかな？」

老人には頭の上半分に古い火傷《やけど》の跡があり、そのせいで髪も傷の部分だけ、禿げあがっていた。

カーチェスが昔のことを尋ねると、老人はそれを懐かしむように顔を綻ばせた。

「こんな見た目ですからなあ……、表立った仕事はほとんど与えられませんでしたよ。それでも給金がもらえるだけ、儂にはありがたかったですがね。イーロット＝ヴェノマニア公爵に拾われなければ、とっくに野《の》たれ死《じ》んでいてもおかしくなかったわけですから」

「具体的には、どんな仕事を？」

「主な仕事は……地下の牢番ですな」

それはカーチェスにとって、やや理解しがたい答えだった。公爵家の使用人の仕事が「牢番」だなんて、何ともおかしな話ではないか。

詳しいことを聞きたいとカーチェスが問い詰めると、老人は最初のうちこそ言いよどんでいたが、

「まあ……もうすでにイーロット様も『あの子』もこの世にはいない……今や生きているのはサテリアジス様だけとなれば、隠しておく必要もないのかもしれませんな」

と言って、公爵家に秘められた過去について話し始めた。

「サテリアジス様は、イーロット様とグラスレッド家のご令嬢との間に生まれた御子です。それはご存知ですかな？」

事件の調査書にも書いてあったことだ。カーチェスは頷いた。

「しかし実はその前にも、イーロット様には御子がいたのですよ。前の奥方――ニルフォ様との間に。今からもう……二十六年も前のことです」

イーロットの最初の妻・ニルフォはある時、男性使用人との不貞の末、子を身ごもったらしい。

彼女は悩んだ末、夫にばれないよう、人知れず子を堕胎《だたい》した。相手の男性は屋敷から逃げ出し、そのまま行方知れずになったという。

「ここまでの話は、儂がまだ屋敷で働く前のことですから、伝え聞いただけの噂話に過ぎませんがな」

その一年後、ニルフォは再び妊娠した。今度こそイーロットとの子であり、周りの祝福の中、お腹

の子はこの世に生を受けた。

「しかし……可哀想なことに、その子の右頬には生まれつき、痣《あざ》があったのです」

「痣？」

「人面瘡《じんめんそう》ですよ。その赤子には本来の顔の他にもう一つ、醜い顔が存在したのです。……ニルフォ様はそれを、かつて堕胎した子の祟《たた》りだと思い込んでしまったんでしょうなあ。彼女は子が生まれたのをきっかけに、心を病んでしまわれました」

ほどなくして、ニルフォは崖《がけ》から飛び降り、自ら命を絶った。愛する妻を失ったイーロットは深く落胆したそうだ。

妻が自殺した理由もわからないまま、彼は苦悩し続けた。

「事情を知っている使用人たちは、誰もイーロット様に真実を話そうとはしませんでした。ニルフォ様はなんだかんだ、皆に慕われておりました故、死者に鞭打《むちう》つことはしたくなかったのです。しかし……たとえイーロット様が事実を知ったとしても、その後に起こることは変わらなかったでしょう」

やがてイーロットは、すべての原因は醜い自らの子にあると考え始めるようになった。

妻が死んだのはこの子のせいだと、息子を激しく憎むようになってしまったのだ。

「その子は与えられた名前すら奪われました。『悪魔の子』として屋敷の地下に幽閉されることになったのです。それどころか、世間的に彼は死んだものとして扱われ、存在しないことにされました」

カーチェスは驚きながらも、興味深く老人の話に聞き入っていた。ベルゼニア「五公」の一人、イーロット=ヴェノマニアといえば、たいそうな人格者であったとマーロン王やユフィーナからは聞かされていた。その彼に、このような闇の部分があったとは――。

「その『悪魔の子』が幽閉された牢屋の、見張り番を務めることになったのが儂でした」

老人も見た目では何かと苦労してきたため、その子を不憫《ふびん》に思って、できる限り彼に優しくしようと努めたらしい。

「とはいえ、儂にできることといえば、読み書きを教えてあげることぐらいでしたがな。自分の唯一の取り柄が、それでしたから」

「確かに、平民で文字を読めるというのは、少々珍しいな」

「別れた妻が、医学の心得がある女でしてな。彼女から教えてもらったのです」

「その『悪魔の子』はその後、どうなったのだ?」

「だいぶ大きくなった時に、牢屋から出されましたよ。後妻の子であったサテリアジス様が彼に同情して、父親のイーロット様に懇願《こんがん》したのです。そこで儂はお役御免となったので、その後のことは詳しく知りません。だが、どうやら使用人の一人として、あの屋敷で働いていたようですよ」

「よくイーロット公が、それを許可したな」

「自分の子であることは間違いないですから。あの方もずっと、負い目を感じておられたんでしょう」

「しかし結局、自分の子としては認めず、使用人として……それでは罪滅ぼしにもなっていない気がするがな」

その後の彼の行く末は、聞く必要はなかった。あの事件で、サテリアジス以外の屋敷の人間は皆、殺されてしまったのだ。

(これ以上、大した話は聞けそうもないな)

サテリアジスと事件を結びつけるためには、何の役にも立たない話ではあったが、カーチェスは老人に礼を言い、一握りの金貨を渡すと、その場を立ち去った。

(不貞の末の悲劇……か)

やはり、自分とユフィーナの恋愛も、周りにとって、そして自分たちにとって、不幸を招くだけのものなのだろうか?

カーチェスは首を大きく、何度も振った。

迷っている暇はない。その答えを出すのは、ユフィーナを見つけ、無事に助け出してからだ。

3

ミクリアは今日も、人形と遊んでいた。

「また……新しい人が来たね」

彼女は目の前の人形に話しかけた。当然、返事はない。

「今回の人はすごいお婆《ばあ》ちゃんだったから、さすがにびっくりしちゃった。まあ、確かに綺麗な人だったけど」

新たなサテリアジスの「妻」は、驚くべきことに六十二歳の老婆であった。その姿を見た時、ミクリアを始めとした女性たちは全員、呆気《あっけ》にとられてしまったが、今回に限ってはどうも、特別な事情があるようだった。

「昔、お医者さんだったんだって、あの人。私たちに何かあった時のために、ってヴェノマニア様が連れてきてくれたんだよ」

返事をしない人形に対し、ミクリアはそれでも喋り続けた。

「ローラン……死んじゃったね。

どうしてかな……ううん、私には、本当は理由がわかってる。

きっとヴェノマニア様の……『悪魔』のせいだよね。

ここにいるのは幸せ。村にいた時よりもずっと。

でも……時々わからなくなるの。本当にこのままでいいのかなって」

人形は答えない。陶器人形なのだから当たり前だ。

「私、ここに居続けても、いいのかな……？」

そう思うのなら、逃げればいいじゃん

「……え⁉　喋……った？」

ミクリアは思わず、目を見開いて人形を凝視した。

幻聴かもしれないとも思った。

だが、今度ははっきりと、人形の口が動き、そこから言葉が発せられたのだ。

〈その気になれば、いつでも逃げられるでしょ？　君には最初から、術なんてかかってないんだから〉

「ウソ、何これ⁉　奇跡？　ねえ、あなたはどうして、喋れるようになったの？」

自分そっくりの人形が突然動きだし、生き物のように話し出す。普通の人間ならば悲鳴を上げて逃げ出してもおかしくない状況だった。

だが、あいかわらずミクリアは〝普通の子〟ではなかったので、興味津々に人形に話し続けた。

「私はミクリア。ねえ、あなたのお名前はなんていうの？」

〈僕だってミクリアだよ〉

「嘘よ。ミクリアは私だもん」

〈……じゃあ、ややこしいから僕は『悪魔のミクリア』って名乗ることにするね。君は僕らのことを、そう呼んでいるみたいだから〉

「『僕ら』？　じゃああなたは、ヴェノマニア様の仲間なの？」

〈正しくは、ヴェノマニアの中にいる『悪魔』の仲間だね〉

「どうして急に、喋れるようになったの？」

〈『喋れるようになった』じゃないよ。『喋らなかった』だけだ。僕は面倒くさいことが嫌いだからね。それに僕には他の奴らと違って『器』がなかったから、今までずっと、君の中で眠っていたんだ〉

「私の……中に⁉」

〈自覚なかったの？　おとぼけな子だなあ〉

そんなこと言われても、ミクリアには今まで、自分の中にこんな存在がいたことなど、まったく気がついていなかったのだ。

〈僕はずっと、人の心の中に宿るだけの悪魔だった。前は君のお婆ちゃんの中にいたけど、その人が死んでしまった後は、君の中に移ったんだ〉

「私……悪魔に取りつかれてたの？　じゃあ私、何か悪いことになっちゃうの⁉」

〈言っただろ？　僕は面倒が嫌いなの。だからお婆ちゃんにも君にも、何もしてやしないし、これからもそうさ。君のお婆ちゃんは、百歳まで生きたんだぜ？〉

「じゃあ、あなたは『いい悪魔』なんだね！　それなら別にいいや、これからもよろしく‼」

〈うーん、それは無理かな。僕と君とは、もうすぐお別れだ〉

人形は悲しそうな声でそう言ったが、人形の顔の可動部はそれほど多くなかったので、見た目にはまったく悲しんでいるように見えなかった。

〈あの魔道師が、この人形――新たな『器』を作ってくれたからね。僕はもう、君の中に居続ける必要はなくなった〉

「なら、そのまま人形の姿で、私の友達でいてくれたら、それでいいわ」

〈それも難しいな。あの魔道師はいずれ、君から僕を取り上げるだろうからね。それが彼女の狙いなんだから。抗おうとしたって無駄だ。断言してもいいけど、君は彼女には絶対に勝てない〉

「……」

〈そんな悲しそうな顔をするなよ。悪魔から解放されるんだ。まあ、君自身は、特に何も変わりはしないだろうけど。あ、でも赤猫の時の魔道師とは、話ができなくなるね。それからもう一つ、今後は他の悪魔の宿った器――『大罪の器』には気をつけた方がいいかもね〉

「『大罪の器』?」

〈君がヴェノマニアの術にかからなかったのは、中に僕がいたからなんだよ。あの魔道師は最初、君がエルド派を信仰していたからだと勘違いしていたみたいだけどね。もちろんそれも間違いではないのだけれど、『色欲』の術を完全に防げるほどじゃない。

悪魔の力を跳ね除け、打ち負かすことができるのは、同じ『悪魔』だけだ。君はその加護を、今後は受けられない。ヴェノマニアに再び術をかけられたら、今度こそ君は洗脳されてしまうだろうさ〉

「……別にいいもん。ヴェノマニア様のこと、好きだし」

〈本当にそうかい? どこかで君は、ヴェノマニアにこれ以上深入りするのを恐れているんじゃないかい? 悪魔とかそういうの、関係なしに〉

「わからない……わからないから、もっとあなたに、色々と聞きたい。……せめてサヨナラの時が来るまでは、ミクリアのお話し相手になってくれる?」

〈別にいいよ。でも、面倒くさくなったら、僕は寝るからね〉

4

皇家からの依頼を受け、アスモディン地方にやってきた魔道師・エルルカ=クロックワーカーは今、不明者の一人、グミナ=グラスレッドの屋敷を訪ねているところだった。

目的は屋敷の主、グラスレッド侯爵に会うためだったが、それは叶わなかった。

「グラスレッド侯はいまだ、人とお会いできる状況ではございません」

使用人にそうぴしゃりと、断られてしまった。

「つれないわねえ……『人と会える状況にない』？　そんなことはわかった上で、わざわざ出向いているのだけれど」

「ならば、今侯爵とお会いしたところで、何ら得るものなどないということもお判りでしょう」

「普通の人ならね。でも、こちとら『魔道師』なんてものをやっておりますのでね。狂人から話を聞く術なんてのも、心得ているのよ」

「……主を狂人呼ばわりする人間ならば、ますます通すわけにいきません。お引き取りを」

使用人の強固な態度は、翻りそうになかった。エルルカは諦めて、屋敷を立ち去ろうとしたが、背後から聞こえてきた使用人の愚痴《ぐち》を聞いた途端、再び立ち止った。

「……まったく、この前の外国人といい、最近はおかしな来客ばかり――」

「ちょっと待って。私以外にも、グラスレッド侯爵に会いに来た人間がいる？」

「え、ええ。カーチェス＝クリムとか言う、青髪の貴族でしたが。同じように面会を断ったら、諦めて帰っていきましたよ」

「ふうん、カーチェス＝クリム……か。それはどれくらい前のこと？」

「一昨日です。確か、このラサランドに宿をとっていると仰っていました」

「そう……わかったわ。教えてくれてありがとう」

今度こそエルルカは、屋敷を離れていった。

（カーチェス＝クリム……思わぬところで見つけたわね）


世界を守るためには、悪を挫《くじ》く存在が必要だ。

エルルカはアイアールと同じく「魔道師」である。

アイアールと同じく老衰では死ぬことのない存在である。

そして、アイアールと同じく「大罪の器」を探している。

しかしその理由はまったく逆で、エルルカは「her」をこれ以上増やさないために、「大罪の器」を管理下に置こうとしていたのだ。

彼女のかつての婚約者、そして義理の妹も「her」であった。婚約者は自分の宿命に抗おうとしていたが、義妹は悪意に飲み込まれてしまった。その結果、エルルカは一度、義妹に殺された。

しかしとあることがきっかけで、エルルカは再び、この世に蘇ることとなった。再び目を開いた彼女が見たのは、崩壊した故郷・レヴィアンタと、死なない身体になった自分の姿だった。

エルルカはその辺りの詳しい経緯を、誰にも話すことはない。話す意味などないのだ。かつての自分を知っている「人間」は、今やもう、誰もいなくなってしまったのだから。

「大罪の器」を集めるために、エルルカは長い旅に出た。そして、行く先々で、人助けのようなことをし始めた。これには、各国の権力者との関係を強め、「大罪の器」の手掛かりを得ようという目論見もあった。

しかし「大罪の器」探しは思った以上に難航した。そもそもエルルカは、七つあるという「器」がそれぞれ、どんな形をしているかすら知らなかったのだ。

探し始めておよそ百年――、エルルカはようやく「大罪の器」の手掛かりの一つを得ることができた。マーロン国の王妃・ユフィーナが、それらしいものを持っている、という情報だった。

だが、エルルカがマーロンにたどり着いた時、ユフィーナはすでに行方不明になっていた。エルルカは捜索をマーロン王に志願すると同時に、ユフィーナについての情報を集め始めた。

その段階で、リューノ＝ディノという貴族の男から面白い話を聞いた。カーチェス＝クリムという男が、ユフィーナ王妃が持っていたものと同じ「黄金の鍵」のペンダントを持っていた、というのだ。それはエルルカが情報として得ていた「大罪の器」の形と同じものだった。

ところがその頃にはすでに、カーチェスはマーロンから姿を消していた。行き違いが続き、エルルカは歯がゆい思いだったが、ここにきてようやく、彼の手掛かりも得ることができた。

女性失踪事件についても、調べていくうちにエルルカにはある確信が芽生えてきていた。

どう考えても、普通の人間に行える手口ではない──「大罪の器」に因《よ》るものである、と。

上手くすれば、一気に二つの「器」を得ることができるかもしれない。

エルルカは久々に、張り切っていた。

5

その日の夜、サテリアジスはいつも通り、地下のハーレムを訪れた。

すぐさま、女たちがサテリアジスの元へ走り寄ってくる。サテリアジスは、今宵の相手は誰にしようか？　などと考えながら、しばらく女性たちと戯れていた。

「妻」の人数はすでに二十人を軽く超えていた。

（さすがにそろそろ、部屋が足りなくなってくる頃合だな）

この状況では、地下の拡張は難しいだろう。ならば一階を解放しようか？　それとも相部屋にして二人ずつ住まわせるか？　しかし平民出はともかく、貴族出身の女たち、特にグミナなんかは嫌がりそうだ。さてさて、どうしたものか――。

と、そこまで考えたところで、グミナがその場にいないことに気がついた。

「ここ二、三日はずっと、部屋に籠っているみたいですよ」

女の一人に訊いたところ、そんな答えが返ってきた。

サテリアジスの脳裏を、ローランのことがよぎった。

（……まさか、彼女まで⁉）

すぐさまサテリアジスは女たちを引きはがし、グミナの部屋に向かった。いくら「妻」が増えようとも、彼女だけはやはり、サテリアジスにとって特別な存在だった。

部屋のドアを勢いよく開けると、グミナはそこで、何やら絵を描いていた。

「……あら、サティ。来ていたのね」

グミナはサテリアジスの姿を見ると手を止め、嬉しそうに微笑んだ。

よかった、どうやら体調に問題はないようだ。サテリアジスは安堵した。

「何を描いているんだい？」

キャンバスを覗き込んだ瞬間、サテリアジスの顔色が変わった。

それは人物のラフスケッチであったが――。

その人物には、顔が二つあった。

「なんだ、これは……」

机の上には、キャンバスが何枚も積み重ねられていた。サテリアジスがそれを手に取ると、そのすべてに同じような、顔の二つある人物が描かれていた。

グミナの方を見ると、彼女はまた、絵を描くことを再開していた。

「……やめろ！　描くのを止めるんだ、グミナ‼」

サテリアジスはグミナからキャンバスを取り上げると、それを暖炉に放り込んだ。

「ああ……まだ、描いている途中だったのに……」

そう言って暖炉を見つめるグミナの目つきは、明らかにおかしかった。

どうしてだ？

どうしてこんな風になってしまった？

あいつを……ケルビムを忘れさせるために、何度も術を強くかけすぎたせいか？

——僕が、グミナを壊してしまったのか？

サテリアジスはその場にあるキャンバスをすべて暖炉で燃やした後、グミナから画材道具を取り上げ、今後、絵を描くことを禁じた。

6

「『魔道師』？　……へえ、マーロン王もとうとう、おかしくなってしまったのかな？　本当にそんな胡散臭《うさんくさ》い輩《やから》に王妃探しを頼むなんて」

ラサランドの宿屋で、カーチェスは目の前に立っているエルルカを眺めながら、そう言い放った。

「それで？　犯人の目星は付いたのか？」

「……あなたと同じよ。このアスモディンの領主、サテリアジス＝ヴェノマニア。彼が一番、怪しいでしょうね」

「なら、皇家にヴェノマニア公を捕らえる許可を出すよう、アンタからも言ってくれないかな？　待ちくたびれて苛立ってるんだ、こっちは‼」

カーチェスが横にあった椅子を蹴り上げると、大きな音を出しながらそれは倒れた。しかし、エルルカにはまったく動揺する気配は見られなかった。

「相手は何人も殺している化物よ。そして、その手口すら明らかになっていない。下手に手を出すのが危険だということくらい、あなたでも理解できるでしょうに」

「ハッ！　わかっていないのはアンタだね。ヴェノマニア公は屋敷にずっと一人で住んでるんだぜ。たった一人をどうして、恐れる必要があるんだ」

「……『たった一人』だから危険なのよ」

それはつまり、一人でこのような所業を成し遂《と》げているということなのだ。

そう言われても、カーチェスは納得できなかった。

「じゃあ……どうすりゃいいってんだ！　軍が投入できるほどの確たる証拠が出るまで、手をこまねいていろっていうのか？　身内が攫われているのに悠長すぎるんだよ、皇家の連中は‼」

「……ベルゼニアは国家としては大きすぎるのよ。自分たちの判断が多くの人間の行く末を左右させる――人の上に立つ人間はそれがわかっているから、迂闊には動けない。たとえ――身内の命が係っていたとしてもね」

「くだらないね。目の前の事象に全力を尽くせなくて、何が王だ！　何が皇帝だ！　俺が王なら、そんな考え方はしない、絶対に」

「納得できないなら、自分で国を作って王様にでもなりなさいな。……とにかく、あなたも私も、今は権力のない一介の存在。でもね、そんな存在だからこそ、できることというのもあるのよ」

エルルカは、先ほどカーチェスが倒した椅子を元に戻すと、そこに座した。

「カーチェス、あなた……ユフィーナ王妃から何かを預かってはいないかしら？」

「ん？　ああ、これのことか？」

カーチェスは懐《ふところ》から、黄金の鍵を取り出した。

「中々に、面白い道具みたいだな、これ」

カーチェスはその鍵を、暖炉の傍に近づけた。すると不思議なことに、熱を帯びたその鍵は段々と姿を変え、やがて十字架の形になった。

「温めると形を変化させる……奇妙なアクセサリーだ。王妃が大切にしていたのも頷けるな。おそらく、たいそう高価なものなのだろう」

それを見ていたエルルカの額から一粒の汗がしたたり落ちて、床を濡《ぬ》らした。

「値段なんかつけられるものじゃないわよ、それは」

「なんだ？　もしかしてこれは、お前らみたいな『魔道師』が作った物なのか？……ならばこの現象にも納得がいくというものだ」

「それさえあれば、軍など必要ない。私一人でたやすく事件を解決してあげるわ。ユフィーナ王妃もメイリス皇女も、助けてやることができる……二人がまだ、生きていればだけど」

「不吉なことを言うな‼　ユフィーナは死んでなどいない‼」

必ず……必ず生きているはずだ。カーチェスは心の中で、自分自身に言い聞かせるように念じた。

「それを確かめるためにも、早く真実を明らかにしないとね。とにかく、その鍵を私に預けなさい」

「断る」

「！　どうしてよ⁉」

「この鍵があれば事件を解決できるという、その理由がよくわからない。これは王妃から預かった大事なものだ。ちゃんと説明してくれなきゃ、おいそれとは渡せない」

「あーメンドクサ。じゃあ簡潔に説明するわよ、いい？　『ヴェノマニア公は悪魔の力を使ってます。それを倒すにはその鍵が必要です』。以上‼　これでＯＫ⁉」

「そんな説明で納得できるか！」

カーチェスに怒鳴りつけられたエルルカは、やれやれ、と肩をすくめた。

「別に嘘は言ってないんだけどなー。これ以上、説明のしようがないのよ。……まあいいわ、私も近くに宿をとっているから、協力する気になったら来て頂戴。手遅れにならないうちに……ね」

エルルカは椅子から立ち上がり、部屋を後にした。

（手遅れにならないうちに……か）

魔道師が去った後、カーチェスは一人、部屋の中で物思いにふけっていた。

確かにその通りだった。ユフィーナがいなくなって、もう何カ月も経ってしまっている。もたもたしているほど、彼女が無事でいる確率はどんどん低くなるのだ。

もう、なりふり構ってはいられない。

決断の時が来たのかもしれない。

（トーイ、お前の面子《めんつ》を潰すことになるかもしれん……すまんな）

カーチェスは部屋を飛び出して、そのままある場所へと向かった。

7

屋敷の呼び鈴が鳴っている。

サテリアジスが応対のために扉を開けると、そこには金髪の女性が立っていた。

「……どちら様かな?」

「エルルカ=クロックワーカーと申します。今日は公爵様とお話がしたく、やってまいりました」

女性はか細い声でそう言うと、うやうやしく頭を下げた。

「……聞いたことのある名だ。確か、女性失踪事件の調査を皇家に命じられた『魔道師』だとか」

「そうです。その件について、ぜひお話を――」

「そのことについては、もう何度もコンチータ男爵とかいう奴に話している。僕は家族を殺され、婚約者を攫われた被害者だ。――もうあまり事件のことは思い出したくないんだ。ほっといてくれないか!?」

グミナの絵の件があったせいで、最近のサテリアジスは少々、機嫌が悪かった。

「あなたのような美人を追い返すのは気がひけるが、元々僕は、あまり人と関わるのが好きではないんだ。帰ってくれないか？」

「……わかりました。では明日、改めて」

「何度来たって、話せることは何もないよ」

「それでも構いません……では、失礼します」

女性はもう一度、頭を下げると、そのまま帰っていった。


「……エルルカ＝クロックワーカーだと⁉ 奴がこの屋敷に来たというのか？」

その日の夕方、アイアールにエルルカのことを話すと、彼女はあからさまに驚いた顔をした。

「厄介な相手なのか？ アイアール」

「私の『宿敵』ともいえる奴だよ。……そうか、とうとう奴が嗅ぎ付けてきたか」

アイアールすら一目置く「魔道師」エルルカ。

――もしかして『色欲』の術も、彼女には効かないのだろうか？

サテリアジスがそれを訊くと、アイアールは首を横に振った。

「いや、同じ不老であっても、私と奴では違うところがある。私の本体は『赤猫』だが、エルルカはあくまで『人間』だ。だからおそらく、術の効果はあるだろうな」

「ならば何の問題もない。いざとなったら彼女も、僕の『妻』になってもらえばいい」

「……そううまくいけばいいがな」

そう言ったアイアールの目の奥に、いつもとは違う輝きがあったことに、サテリアジスは気がつけなかった。


さらにその日の夜更け。

サテリアジスはその時、メイリスと褥《しとね》を共にしていた。

(ん……？　誰かが一階に……いるのか⁉)

メイリスの声に交じって上階から聞こえてきた物音を、サテリアジスは聞き逃さなかった。

「メイリス、ちょっと待っててくれ」

サテリアジスは服を着ると、物足りなさそうな顔のメイリスを残して部屋を出た。

そのまま階段を上って一階の玄関ホールに行くと、そこに人影があった。

目を凝《こ》らしてよく見てみる。

それは外からの侵入者ではなく、見知った顔であった。

「ルカーナ！　そんなところで何をしている‼」

振り返ったルカーナは、明らかにいつもとは様子が違っていた。

ローブを羽織り、右手には鞘に収まった刀、左手にはミクリアそっくりの人形。

そして、右肩には赤猫――アイアールの姿があった。

サテリアジスは、咄嗟《とっさ》に理解した。

あれはルカーナだが、ルカーナではない。
・・・・・・・・・・・・・・・・・・・・・・・・・
「……どういうつもりだ、アイアール」

その言葉は赤猫ではなく、ルカーナに向けて発せられた。

返ってくる答えも、なんとなく予想はついていた。

アイアールは倉庫からあの刀を持ち出し、ルカーナの身体を乗っ取っている。

――『大罪の器』を持って、逃げ出すつもりなのだ。

「預けていたものを返してもらっただけだよ、公爵。それにこのルカーナ……前々から目をつけていたが、中々の素材――潜在魔力の持ち主だ。お前の願いを叶えてやったことの報酬《ほうしゅう》としては、妥当《だとう》なところだろう？」

「そんなに、あのエルルカとかいう魔道師が怖いのか？」

「馬鹿を言うな。あんな奴、私が本気になれば、恐るるに足らん。だが、まだ奴と事を構える時ではない――それだけのことだ」

そう言った後、アイアールはうっすらと、邪悪な笑顔を見せた。

「それだけではない。公爵よ、自分自身でも気がついていると思うが……お前はすでに、疑われ始めている。女性失踪事件の犯人としてな。私はお前と共に、破滅するつもりはないのだよ」

「……乗り切ってやるさ。『悪魔』の力さえあれば、そんなことはたやすい」

「まあせいぜい、あがくがいいさ。刀が手元になくとも、お前の力が失われることはないが……もう『儀式』は行えんぞ?」

つまり、もう女性を攫う際の「証拠隠し」はできなくなる、というわけだ。

アイアールを無理矢理引き止めるのは難しいだろう。それにサテリアジスは、彼女がいずれ自分の前から姿を消すであろうことは、何となく見越していた。元々、主従でも恋人でもない、奇妙な関係であったのだ。

恨みも怒りもない。彼女にはむしろ感謝したいくらいであった。アイアールに会わなければ、自分は家族を殺した時に、自害してそれで終わりのはずだった。

だがそれでも、どうしても見逃せないものが、一つだけあった。

「……ルカーナは置いて行け。彼女は僕の大事な『妻』の一人だ。それだけは絶対に譲れない」

「『大罪の器』よりも女を優先するか……お前らしいな。嫌だ、と言ったら?」

「無理矢理にでも、取り戻してやるさ」

サテリアジスの瞳が赤く輝き出す。「色欲」の術をかけるためではない。アイアールにこの術が効かないのは知っている。

「『悪魔』の力を全開放した僕と、お前の『魔術』……勝つのはどちらかな？」

「私に勝負を挑むつもりか？　それも面白いが……無駄に体力を消耗したくはないな。いいだろう、ルカーナの身体は一時、お前に『預けて』おいてやる。……お前が死んだら、その後でゆっくりと回収するとしよう」

その直後、ルカーナの身体からふっと力が抜けて、彼女はその場に倒れ込んだ。刀と人形が床に落ち、鈍い音を立てる。サテリアジスは素早くルカーナに駆け寄り、彼女の体を抱きかかえた。

背後に気配を感じて振り返ると、そこにはアイアールのいつもの「身体」――瞳がうつろな状態の、ハル＝ネツマが立っていた。赤猫が素早く、彼女の肩に飛び乗ると、ハルの目がいつもどおりに、生気を取り戻した。

「ふむ、やはり魔力はルカーナよりも劣るが……慣れ親しんでいる分、こちらの方がしっくりくるな」

次にアイアールは刀と人形を拾い、状態を確かめた。

「さすがは『ギネ工房』製のネチュハ人形だ。ヒビ一つ入ってはおらん――さて、公爵よ。これでお別れだな」

「……ああ、寂しくなるな」

「私はまったく、寂しくないぞ。寂しくなど……ない。……ああ、そうそう、公爵、子供は大事にな」

「子供？」

「……では、さらばだ」

次の瞬間、アイアールの姿は闇に溶けこんでいった。

その後、二度と彼女がサテリアジスの前に姿を現すことはなかった。

8

その後、金髪の女魔道師が再び屋敷にやってきたので、今度は彼女を快く中に招き入れることにした。

「こんな夜更けに来てしまい、申し訳ございません。しかし、昼には公爵様はご不在のことが多いと聞いたもので」

そう言うと彼女は、恐縮したように深々と頭を下げた。

「構わないさ。……ところで、他の仲間にはここに来ることを告げてきたのかな？」

「仲間？」

「君は失踪事件の調査に来ているのだろう？　その調査団のメンバーだよ」

「いえ……そういった者たちはおりません。私は常日頃から、一人で行動しているもので」

「へえ。じゃあ、君がここに来たことは、誰も知らない、と？」

「はあ……まあ、そう言うことになりますね」

サテリアジスにとっては好都合だった。「儀式」が行えなくなった今、サテリアジスが女性を籠絡する際には、なるべく痕跡を残さないようにする必要があったからだ。

「では、話を聞くとしようか、エルルカ＝クロックワーカー」

「はい……といっても、私から聞きたいことは、一つだけなのですが。公爵様……私はあなたが、一連の事件の犯人だと疑っております」

「……まいったなあ」

メイリスと同じパターンだ。あまりにも、ストレート過ぎる追及。

逆に言えば、こんな女が一人でのこのこやって来ている時点で、皇家や政府がまだ、サテリアジスが犯人だという確証を掴んでいないことが証明されたようなものだった。

ユフィーナやメイリスを攫っているのだ。彼女たちがここにいることが知られていれば、軍を寄越されたっておかしくはない。たとえ「五公」が相手だとしても、そうすることだろう。

（まだだ、まだ僕は終わらないよ、アイアール。国が追及を諦めるまで、僕は逃げ切ってやる）

さしあたっては、目の前のこの女だ。彼女は僕を、追い詰めるつもりでいるのだろう。

（彼女には術が効くとアイアールは言っていたな。ならば魔道師といえど、所詮は女。僕の術で虜にしてしまえばいいことだ）

「もし、そうだとして……証拠はあるのかな？」

「いえ、証拠はありません。それに……勘違いしてほしくないのですが、私は別にあなたを、問い質しに来たわけではないのです」

おかしなことを言い始めた。じゃあ一体、何のためにここに来たというのだ？　エルルカの言葉に、サテリアジスは若干、混乱した。

「もし……もしあなたが、女性を攫って、囲っているというのならば……その、私もその中に、入れて……もらえないかと」

彼女はそう言うと、恥ずかしそうに俯いてしまった。

「私……その、この前初めて見た時から、公爵様のこと、好き……になってしまったみたいで……」

（……罠だな、これは）

あるいは「エルルカ＝クロックワーカー」という存在をよく知らなければ、サテリアジスは彼女の言葉を信じたかもしれない。

だが相手は、あのアイアールですら警戒していた女なのだ。

（……浅い。考えが浅すぎるよ、エルルカ＝クロックワーカー。僕に惚《ほ》れたふりをしてハーレムに入

り込み、証拠を掴もうという腹積もりなのだろうが……魔道師とは言っても、所詮、こんなものか）

追い返してやってもよかったが、ここはあえて、相手の作戦に乗ってやることにした。

「なんと、君のような美しい人に好意を持たれるとは！　光栄だよ、エルルカ。わかった、君の言う通りに――望みを、叶えてあげるよ」

サテリアジスは、彼女に顔を近づけた。

「さあエルルカ。僕の目を見て――」

どんな考えがあろうが、「色欲」の術をかけてしまえば、同じことだ。

彼女はもう、サテリアジスに逆らうことはできやしない。

サテリアジスは赤く変化した瞳で、彼女に術をかけ始めた。

「……」

その間、相手はぼうっと、ただサテリアジスの目を見つめていた。

術をかけ終わり、瞳の色が元の紫に戻った時、そこにいるのはもう――。

サテリアジスの、新たな「妻」だ。

「さあおいで、エルルカ。僕の……これから君が暮らすことになる『ハーレム』を案内してあげよう」

サテリアジスは彼女の肩を抱くと、そのまま地下へ続く扉の前へと連れていった。

三重にかけられた錠を一つ一つ、外していく。これは、カロルが勝手に絵を持ち出したことがきっかけでつけた錠だった。この扉を開けることができるのは、鍵を持っているサテリアジスと、鍵開けの術を使えるアイアールだけだった。

今ではもう、サテリアジスの許可なく、ここを出入りできる者はいない。

（……待てよ？　エルルカも魔道師だから、この鍵を開けることができてしまうかもしれんな。この子には特に念入りに、一階に上がらないよう、注意しておかないと）

階段を下りると、そこはもう、サテリアジスの真の居城。

地下ハーレムだ。

艶事の時間だ。サテリアジスを求める何人かの女たちが、部屋から飛び出してきた。

ミリガン、ソニッカ、テット、リンド。人種も育ちも年齢もそれぞれ違う、愛しき恋人たち。

「すまないな、今日はお前たちの相手をしてやれないんだ」

押し寄せる女たちを優しく押しのけて、サテリアジスは女魔道師と共に、先に進んでいった。

「グフフ、また、新しい子ですかぁ～」

「また、楽しくなりそうですわね」

「明日こそは、お相手してほしいッス～」

「べ、べつに寂しくなんかないんだからね！」

今日はもう遅い。女たちの紹介をするのは、明日でもいいだろう。

口々に喋る女たちの声を背後に聞きながら、サテリアジスたちがたどり着いたのは、かつてアイアールが暮らしていた部屋だった。

「ちょうど、部屋主がいなくなったからね。ここを君の部屋にしよう。内装が気に入らなかったら、後日、言ってくれれば必要なものを用意する」

サテリアジスが部屋に入っても、彼女はその後に続こうとはしなかった。

微笑みながらも、部屋の入り口で立ちすくんでいる。

「どうしたんだい、エルルカ。さあ、おいで」

サテリアジスに促されると、彼女は覚悟を決めたように部屋に、そして――サテリアジスの胸に飛び込んだ。

「フフ、可愛い子だ。君がその気なら、今夜は思う存分、愛し合おうじゃないか」

サテリアジスは彼女を抱きしめ、微笑んだ。

「さあ、踊ろうか、エルルカ――」

その瞬間――。

「馬鹿か、お前は」

突然の鋭い痛み。

血に染まる胸元。

(な……なに……が。なんだ……これは)

サテリアジスの胸には、ナイフが突き立てられていた。

そのナイフの柄を握っていた人物は、他ならぬ、目の前の女性。

——いや、「彼」は女性ではなかった。

「やはり、お前が犯人だったか、ヴェノマニア公‼」

彼はサテリアジスの胸からナイフを抜き取ると、自らの頭にかぶっていた金髪のかつらを外した。

そこにあったのは、短めの青い髪。

「……お……男……だと……⁉」

サテリアジスはその場に倒れ込んだ。

「見事な女装だったろう?　まさか、こうもうまくいくとはな」

彼——カーチェスは血に染まったナイフを手に、薄笑いを浮かべた後、部屋から飛び出し、大声で叫んだ。

「ユフィーナ‼　どこにいるんだ⁉　ヴェノマニア公は打ち取った！　一緒にここから逃げよう‼」

カーチェスは駆け出していった。

部屋の出口の向こうから、次々とドアの開け放たれる音が聞こえてくる。

「クッ……僕には……僕の中には『悪魔』がいるんだ。こんな血……傷など……どう……ということは……」

ドナルド侯爵と戦った時も、この程度の傷は負っていたのだ。普通の人間ならば致命傷だったが、「悪魔」との契約によって治癒力も増していたらしく、あの時はすぐに血が止まり、その後ユフィーナと夜を共に過ごすこともできた。

だが、今回はそうはいかなかった。

「……何故だ、血が……止まらない。どう……して」

血の色が汗と混じり合い、紫色へと変色していく。

それは人間ではない「悪魔」そのものの血のように見えた。


つまらないな……

もう終わりか

響いてきたのは、久々に聞く、彼の中にいる「悪魔」の声だった。

（おい、どういうことだ！　どうして血が止まらない⁉　この程度の傷で……死ぬのか？　僕は……）

相手が悪かったな

あのナイフは「黄金の鍵」

我の仲間が宿った「大罪の器」だ

（……ふざけるな！　早くどうにかしろ！　このままじゃ僕もろとも、お前も——）

我は死なんよ

あの刀の中に再び戻るだけだ

何十年……何百年後にまた

新たな宿主が見つかるまでな

サテリアジスは、自分の中から悪魔の力が徐々に失われていくのを感じていた。

では

さらばだ
冥界《めいかい》の主《ぬし》によろしくな

彼の中から、悪魔が完全に消え去った。

その瞬間、サテリアジスにさらなる異変が起こり始めた。

「グゥ!? ……か、顔が……僕の顔が……」

右頬が焼けるように熱い。その部分を触ると、何か痣のようなものができ始めているのがわかった。

サテリアジスは這い擦りながら移動し、部屋に置いてあった鏡の前までたどり着いた。

「なんだ……これは。顔が……僕の顔に、もう一つの……顔」

右頬の痣はまるで、新たな顔がそこにあるかのように形成されていた。

「人面瘡……そうか……やっと、全部、思い出した。僕……僕は……!!」

9

——僕の顔には、生まれつき醜い人面瘡があった。

幼い頃から、牢屋に閉じ込められて、育ってきた。

やっと外に出るのを公に許してもらえた頃には、弟もヴェノマニア家の跡取りとして、立派に成長していた。

僕には「ケルビム」という新しい名前を与えられ、ヴェノマニア家の使用人として働くことになった。

僕の醜い顔は誰からも嗤《わら》われ、忌み嫌われた。

――弟と、グミナ以外には。

僕はいつしか、グミナのことが好きになっていた。

でも、その気持ちをずっと、伝えることはできなかったんだ。

僕がそんなことを言ったら、グミナを困らせるに決まっていたから。


しばらくして、グミナと弟が婚約したことを知った。

僕は素直にグミナのことを諦め、二人の結婚を祝福しようと思った。

でも……最後に僕の、僕がグミナを「好きだ」って想いだけは、伝えておこうと思って、僕はグミナを呼び出したんだ。

でも、グミナは僕が気持ちを言う前に、突然いつもとは違う態度になって、こう言ったんだ。

「本当は最初から嫌いだった」

「あなたが側にいるだけで虫唾が走る」
「気持ちが悪くてたまらない」
そして――

「その醜い顔を近づけるな」って。
そこで、僕の心は、壊れてしまったんだ。

別にグミナだけのせいじゃない。
彼女はきっかけに過ぎなかった。
僕はずっと「愛」が欲しかった。
誰かに僕を、愛してほしかったんだ。
でも……手に入れられなかった。
誰も僕を、愛してはくれなかった。

だから僕は壊したんだ。
僕と同じように、みんなも壊したんだ。

僕を喰ったみんなを。
僕を閉じ込めた父さんを。

弟は僕を喰わなかった。
でも僕は、彼も一緒に壊した。
なんでだろう?
なんで僕は弟を、壊してしまったんだろう?

……そうだ。
僕は弟を、妬《ねた》んでいたんだ。
弟は僕にないものを、すべて持っていたから。
僕はずっと、弟に初めて会った、あの時からずっと。

「サテリアジス」になりたかったんだよ。

10

ナイフの切り傷がついた服を纏い、濁った瞳で廊下をさまよい歩く。

(ルカーナが仕立ててくれた服……こんなボロボロにしてしまってゴメンよ)

彼女はもう、初めて会った時のようにサテリアジスを助け起こしてはくれなかった。サテリアジスに目もくれず、階段を上って外の世界へ逃げ出してしまった。

おぼつかない足取りのまま歩き続けたが、ついには足がもつれて倒れ込んでしまった。

目の前に、ミクリアがいた。彼女はしばらく心配そうにこちらを見下ろしていたが、やがて「ごめんね、ヴェノマニア様」と申し訳なさそうに呟いて、階段を上がっていった。

(ミクリア……僕は君の『王子様』にはなれなかったみたいだ……)

カロル……ハクア……リリエン……ネルネル……。

あれほど愛した、サテリアジスのことを愛してくれた女たちが、一目散に彼の元を離れていく。

(待ってくれ……みんな、行かないでくれ……)

必死になって、誰かの足首を掴んだ。見上げた際に見えたのは、メイリスの顔だった。

メイリスはサテリアジスの手をはね除けて、彼に対して大声で何かを叫んだ。

だがそれは、もうサテリアジスの耳には届いていなかった。

（メイリス……君の言ったことは正しかった。僕は結局、何も為すことができなかった）

世界中の女が自分を愛するようになる――そんなのは、ただの幻想にすぎなかった。それどころか、たった一人の女の愛さえ、手に入れることができなかったんだ。

ハーレムから一人、また一人と、女たちが逃げ出していく。サテリアジスを刺したカーチェスもとっくに、ユフィーナを連れて立ち去っていた。

（ああ、ハーレムが……僕の、理想郷《ユートピア》が……）

地下にはもう、ほとんど誰も残っていなかった。

最後の一人が今まさに、階段を上ろうとしていた。

サテリアジスは引き留めようと、その後ろ姿に向かって叫んだ。

だが、本人がそう思っていただけで、実際にはもう、声は出ていなかった。

それでも、サテリアジスの思いが届いたのか、彼女は振り返り、一瞬だけこちらを見たのだ。

（ああ、グミナ……待って、待ってよ）

しかし、グミナは再び前を向くと、ゆっくりと階段に足を掛けたのだった。


酷い女だった。

いつも澄まして、性格の悪さがにじみ出ていた。

あんなだから、他の女からも嫌われていた。
だけど……。
だけど、それでも僕は、君のことが好きだった。
待って。
行かないでよ、グミナ。
僕は――
「サテリアジス」じゃない、僕は――
「ケルビム」は――

まだ君に、好きだと言ってない。

ヴェノマニア・ハーレム
現在の人数・〇名

終章

The Lunacy Of Duke Venomania

エルフェゴート国、首都アケイド南地区、ヴェラの酒場。

エルルカは一人、酒場で酒を呷《あお》っていた。

(まったく、あのガキにはしてやられたわ。まさか私を装って、ヴェノマニア公に近づくなんて)

サテリアジス＝ヴェノマニア——正確には彼に成り代わっていたケルビムの死により、彼の行ったすべての記憶操作が解け、その悪行がベルゼニア全土に知れ渡ることとなった。

行方不明になっていた女性のほとんどは無事な姿で見つかったが、ローラン＝イブだけは屋敷内で白骨死体で見つかった。解放後まもなく、衰弱により死亡する者もいた。

いずれにせよ、事件の余波はしばらく、ベルゼニアを揺るがし続けることだろう。

今回の件で、エルルカは多くのものを逃した。

サテリアジスが持っていたであろう「大罪の器」も、カーチェスが持っていた「黄金の鍵」も結局、手に入れることができなかった。公爵の屋敷にそれらしきものは見当たらず、カーチェスは事件後すぐに、ユフィーナと共に駆け落ちしてしまったのである。

カーチェスはベルゼニア、マーロン両国から追われる身となっていた。

悪人だったとはいえ、「五公」の一人を勝手に殺してしまったのだ。

自分で手を下さず、ベルゼニア皇家に報告するに留めておけば、あるいは彼は英雄になれたかもしれない。

しかし彼は「怒り」に任せてサテリアジスを殺してしまった。

カーチェス——彼の心はもうすでに「大罪の器」の悪魔に侵されていたのかもしれない——エルルカはそう考えた。

さらに言えば、カーチェスとユフィーナが不倫関係にあることも、この件をきっかけに明らかになってしまった。マーロン王は血眼になって、失踪した二人を探しているそうだ。

(ベルゼニア、そしてマーロン……彼がどちらかに捕まる前に、先に見つけなきゃね)

言うまでもなく、彼の持っている「大罪の器」を手に入れるためだ。

カーチェスたちが逃げるとすれば、両国との繋がりがない国の可能性が高い——そう考えたエルルカは、両国の合間に位置する国、ここエルフェゴートにやってきたのだ。

(うだうだ考えていてもしょうがないわね。めぼしい所を色々と、当たってみることにするか！)

エルルカは代金を払うと、酒場を飛び出した。


旧・レヴィアンタ魔道王国跡地、レヴィアビヒモ神殿。

アイアールは廃墟《はいきょ》となった神殿の中、一人立ちすくんでいた。

(あれだけの人数を囲って、子を宿したのはたったの三人……その上、本命のグミナがそうならなかったのも……まあ、あいつらしいといえばそれまでか)

今回の件で、アイアールは多くのものを手に入れた。

まずは、新たな「大罪の器」。怠惰な悪魔が宿ったその人形に、アイアールは「クロックワーカーズ・ドール」と名付けた。

「クロックワーカー」は彼女の宿敵も名乗っているものだったが、元々はアイアールが普通の人間だった頃の姓でもあるのだ。

自分こそが真の「クロックワーカー」だ——人形の名にはアイアールの決意表明の意味も含まれていた。

「her」の仲間を増やす、という目的もある程度、達することができた。

公爵の屋敷を去る直前、アイアールはサテリアジスが連れてきた女の一人——元医者であった老婆、アンリー＝スイーツに命じて、ハーレムの女性全員の検査をさせていた。

その結果、三人の女が、サテリアジスの子を身に宿していることがわかった。

サテリアジスは生まれながらの「her」ではないから、彼の子供たちに「her」が遺伝したかはどうかは、まだわからない。

だが、サテリアジスの子供たち、あるいはその子孫が新たな「悪意」を撒き散らしてくれるようになることを、アイアールは期待していた。

欲を言えば、あのルカーナの身体も手に入れられれば尚《なお》、良かった。

（やはり——屋敷から去る時に、手放すべきではなかったかな）

何故かあの時、アイアールはサテリアジスに抗うこと——彼を傷つけることを、躊躇してしまった。

「そう言えば、まだこの刀には名をつけていなかったな」

アイアールは手に持った刀を目線上に掲げた。契約が終了し、再び悪魔の力が戻った妖刀は、わずかに紫色のオーラを帯びていた。

「……お前の名を遺《のこ》しておいてやる。ありがたく思えよ、ヴェノマニア公」

アイアールはその刀に「ヴェノム・ソード」という名をつけることにした。


——とある魔道師の手記——


〈ヴェノマニア公の死から二年が経ち、事件による混乱の余波も少しずつ収まりつつある。

私はそろそろエルフェゴートを発つことにした。カーチェス＝クリムがマーロン島で新たな国——『正統マーロン国』を立ち上げ、自分が元々仕えていたマーロン国に宣戦布告したのだ。

マーロン王族の血筋を受け継ぐ正統な後継者は現在、ユフィーナただ一人である。カーチェスはこの事実を後ろ盾に、周辺貴族の支持を集めているようだ。

しかしまあ、私にとってそこら辺は大して興味のないことだ。重要なのは彼がおそらく、いまだに『大罪の器』を所持しているであろうということ。

子供には過ぎた玩具《がんぐ》だ。早急に取り上げなければならないだろう。

ヴェノマニア公の事件、といえば、あの後結局、私も事件の後処理を手伝わされることとなった。

その関係で、彼のハーレムにいた女性たちのその後について、いくつか耳にする機会があった。

まずはミクリア＝グリオニオ。

彼女はアビト村に一度は戻ったものの、その後、サテリアジスとの子を妊娠していることが周囲に発覚。それが原因かはわからないが、出産後、生まれたばかりの赤子を連れて再び村を飛び出している。

生きていくためか、それとも彼女自身がそう望んだのか——ミクリアはその一年後、ラサランドの町の娼館でその姿が目撃されている。

周りの客から可愛がられる生活は、彼女にとってそれなりに幸せそうなものに見えたという。

メイリス＝ベルゼニアもまた、サテリアジスの子をその身に宿していた。皇家はその事実を世間に隠し、秘密裏に中絶させようとするが、メイリスはそれに抵抗し続け、結局は出産を果たした。

だが、皇家としてはその子を、一族の子としては認めるわけにいかなかった。

メイリスは悩んだ末、その子を配下のコンチータ男爵に託《たく》すことにした。子宝に恵まれなかった男爵夫妻は快くこれを受け入れ、メイリスの子は表向き、コンチータ男爵夫妻の娘として育てられることとなったのだ。

サテリアジスの子を身ごもった女性はもう一人いた。

ルカーナ＝オクトである。

彼女はハーレムから解放された後も、波乱に満ちた生活を送ることとなった。

ルカーナはハーレム生活の終盤にはもう、かけられた洗脳が解け始めていたようだ。それでいて逃げ出すことも、抗うこともせずにサテリアジスを受け入れ続けたことは、彼女の心に深い罪悪感と後悔を残した。その傷は自らの妊娠がわかってから、さらに深くなったことだろう。

その後、ルカーナは二人の友人――リリエンとラージフと共にミスティカを去っている。すべてを忘れ、未開の地で友人たちや生まれた子と一緒に、新たな生活を始めるつもりであった。

しかし新天地でルカーナたちは、新たな災難に見舞われることとなる。ヴェノマニア公の事件にも関わっていたと思われる『アイアール』という名の魔道師が、ルカーナの身体を狙って再び彼女の前に現れたのだ。

ルカーナたちは逃亡を続け、最終的には私の元に身を寄せることとなった。

私はルカーナを助けるため、ある提案をした。それは『転身の術』によるお互いの身体の交換だった。アイアールに身体を奪われれば、ルカーナは残りの一生を、傀儡として過ごすことになる。だが私の使う『転身の術』で互いの身体を入れかえれば、彼女は姿こそ別人になってしまうが、アイアールに追われることもなく、普通の人間として生きていけるだろう。

ルカーナは提案を受け入れた。こうしてルカーナ、そして私も、新たな身体を手に入れることとなった。ルカーナの子は急に見た目の変わった母親に、最初は戸惑った表情を見せたが、やがてすぐに元通り、よくなつくようになったそうだ。

ミクリア、メイリス、ルカーナ……彼女たちの子はいずれもヴェノマニア公の血を引いている。ルカーナの子に『her』の兆候は今のところ見られなかったが、注意を怠るべきではないだろう。

それに『アイアール』……。その正体と目的はわからないが、ルカーナの話を聞く限り、おそらくは私と同様――もしかしたらそれ以上の魔力を持っている可能性がある。今後は彼女の動向にも警戒しておかなければなるまい。

ハーレムの女性についてはもう一人。

最近、グミナ＝グラスレッドと顔を合わせる機会があった。彼女は事件の後まもなく、父と共にアスモディンを去り、親類を頼ってここエルフェゴートに来たそうだ。

グラスレッド家の亡命については様々な憶測が流れている。侯爵の病気療養のためとも、グミナへの中傷を避けるためとも。彼女がその真相を私に語ることはなかったし、私にとってもさして、興味のあることではなかった。

彼女は今、エルフェゴート政府に属する新人文官として働いている。

グミナはどうも、私のことをルカーナだと勘違いしたようだ。実際に私の身体は元々、ルカーナのものだったのだから無理もないが。説明するのも面倒だったので、私は自分をルカーナ＝オクトとして、彼女に話を合わせることにした。

グミナは、ヴェノマニア公爵家と自分との関わりについて、自らの真実を話してくれた。

彼女が何故、それを私――『ルカーナ＝オクト』に話したのかはわからない。あるいは、それは彼女にとって、自分一人の胸に収めておくには、あまりにも大きすぎたからなのかもしれない。

グミナの話について、簡潔にまとめるとこのような感じだ。

――ケルビムが成り代わっていた本物のサテリアジス。グミナは彼と婚約していたが、実の所、彼女はその婚約を破棄しようと思っていたらしい。グミナ曰く、その頃の自分は親の決めた婚約に素直に従いたくない、そう思っていたそうだ。

そのことを知ったサテリアジスは深く落ち込んでいたそうだ。彼は親同士の決め事など関係なく、グミナに好意を持っていたらしい。挙句の果てに彼は、グミナとケルビムが恋仲ではないか、とまで疑い出したという。

ある時、グミナはサテリアジスが配下と共に、ケルビムを殺害する計画を立てているのを立ち聞きしてしまう。

自分とケルビムはそんな関係ではない、それを証明するために――ケルビムに被害が及ばないようにするために、グミナはわざと、ケルビムに対して冷淡な態度をとったのだという。その場面を、サテリアジスが盗み見しているのを知りつつ――。

話が終わった後、傍らにいたグミナの従者・カロルは彼女に、こんな質問をした。

「グミナ様。あなたが婚約を破棄しようとしたのは、親への反抗心ではなく――本当は、ケルビムのことが好きだったからではないのですか？」と。

グミナは、どうしてそう思うかをカロルに尋ね返した。

「私はあの頃から、あなたたちのことを見てきました。だから――なんとなく、そんな気がしただけです」

カロルはそう言った。

結局、グミナはカロルの問いには、何も答えなかった。

ただ、寂しげな笑顔を見せるだけだった。〉

The Lunacy Of Duke Venomania

Extra Chapter

これは、遠い未来の話。

サテリアジスの事件から長い年月が経ち、もはや歴史書かおとぎ話でしか、彼の名が語られなくなった時代の出来事。


その日の夜、男は自宅に戻ると、まっすぐ愛娘の待つ部屋へ向かおうとしていた。

呼び鈴が鳴ったのは、彼が玄関のドアを閉めた直後だった。

「……誰だ？　こんな時間に」

面倒そうな顔をしながらも、男はそのまま扉を開けた。

そこには、長髪の若い男が一人、立っていた。

「夜分、失礼いたします。わたくし――」

「君のことは知っているよ、ガモン＝オクト曹長《そうちょう》。先日から何度も面会を求めてきているそうだな。私は君と話をするつもりはないよ、帰れ」

家主の男はそのままドアを閉じようとしたが、ガモンは無理矢理、それを手で押さえて止めた。

「やはり……、あの判決には納得がいきません！　兄が……ニョゼが殺人など……そんなはずはないのです！」

「ほう？　ではこの――ＵＳＥ暗星庁長官である、私の判断が間違っていると、君はそう言いたいのか？」

「……」

ガモンは言い返すことができず、黙ったまま俯いた。

「ガモン曹長。君が兄を信じたい、という気持ちはよくわかる。だがね、被害者の胸の刺し傷が、ニョゼ＝オクト少尉の所有する刀によるものであるという検査結果が出ている以上、彼が犯人であることは疑いようがないのだよ」

「では……せめて刀を、あの刀を返してはいただけませんか？　あれは我が家に伝わる、大切な家宝なのです！」

「それも無理だ。犯罪に使われた凶器はすべて、国家が没収する。法律で決められたことだ」

「しかし――」

「もういいだろう？　あまりしつこいと、君も不法侵入で訴えなければならなくなるぞ」

「……わかりました。では失礼します。ガレリアン＝マーロン長官」

ガモンは引き下がると、肩を落として帰っていった。

ガレリアンが娘の部屋を開けると、そこには娘の他にもう一人、眼鏡をかけた女性が待ちかまえていた。

「お帰り、あなた。ご飯にする？　お風呂《ふろ》にする？　それとも――」

「家に勝手に入るな『Ｍａ』」

「……あら、いいじゃないですか。もう奥さんはいないんだし、気兼ねする必要も――」

「ミッシェルが嫌がる」

ガレリアンは車椅子に座っている、娘の方をちらりと見た。

そこにいた、ツインテールの緑髪――娘は何の反応もなく、ただ目の前の空間を見つめている。

「そんなことないですよ。私はこの子の『お母さん』なんですから」

「くだらない冗談を言っていると、いい加減、本気で怒るぞ。とっとと帰れ」

「はいはい、帰りますよ……受け取るものを受け取ったらね」

「そうだったな……ちょっと待ってろ」

ガレリアンは一旦部屋を出ると、倉庫に隠してあった一振りの刀を持って、戻ってきた。

「ほら、これだ。間違いないか？」

それは、先ほどガモンが取り戻そうとしていた、ニョゼ＝オクト少尉の刀だった。

「……まごうことなく、これは『ヴェノム・ソード』。フフ、これで残るは四つ――おっと、失礼。残り『五つ』ですわね。この調子で集めていってくださいな」

「……本当なんだろうな？　『大罪の器』をすべて集めれば、本当に娘は元に――」

「ええ、それは相違なく」

「注意しろよ。証拠品を勝手に持ち出したことが知れれば、私の立場が危うくなる」

「努力しますが……人目のない場所に保管できれば、それが一番良いのですがね」

「……それも何か、考えておく」

Ｍａは刀を持ってその場を去ろうとしたが、ふと何かを思い出したように、ガレリアンの方に振り返った。

「あなたも注意してくださいね。『スプーン』、くれぐれもなくさぬよう……。あれがなければ、娘さんとお話もできませんからね」

「わかっている。こうして常に、肌身離さず持ち歩いている」

ガレリアンは懐から、小さなスプーンを取り出した。

部屋の灯りに照らされ、スプーンは青白く輝いた。

「それはよろしいことで。では、ごきげんよう」


Ｍａが部屋を出ると、ほどなくして中からガレリアンの話し声が聞こえてきた。

「ただいま、ミッシェル」

「パパがいない間、寂しくなかったかい？」

「……そうかー。でもパパもね、お仕事を休むわけには――」

「なるべく早めに、お友達を探してきてあげるからね。そうすれば、退屈な思いをすることも――」

娘と楽しく、会話をしているのだろう。

しかし、部屋から聞こえてくるのは、ガレリアンの声だけだった。

(フフ……せいぜい『人形遊び』を楽しみなさいな、ガレリアン)

Maはそのまま、ガレリアンの家を後にした。


時が経ち、世界に住む人々が移り変わっても――。

「her」は、存在し続ける。

「大罪の器」も、存在し続ける。


『悪』の因果は、終わらない。

あとがき

あなたの目の前にはランプがあります。あるいは机の引き出しでもいいです。

それはどこかの国の遺跡で発掘された、魔法のランプです。あるいは未来の世界とつながったタイムマシンの入り口でも構いません。

そのランプをこすると、中からランプの魔神が現れました。あるいは耳のない猫型ロボットでも良しとしましょう。

その魔神、あるいはロボットが「なんでも願いを一つだけ叶えてやろう」と言ってきました。

さて、あなたなら何を願いますか？

「異性にちやほやされたい」？　「美味しいものを腹いっぱい食べたい」？　「世界を思い通りに支配したい」？　「働かずに休み続けたい」？　「ライバルを蹴落としたい」？　「金持ちになりたい」？　それとも「人生を狂わせたあいつに復讐したい」？

本書の主人公サテリアジス＝ヴェノマニアは、その中のうち、ある一つを選びました。

彼が欲望に溺れた悪人だったのか、それとも運命に翻弄された被害者だったのか。ここでは答えを出すことはしません。そもそも僕自身、そんな答えなど知ったこっちゃないのです。

ただ、彼には何度も立ち止まる機会がありました。そうしなかったのは彼本人の選択であり、望む望まないに関わらず、結末も彼の行動が招いたものなのです。

あなたがもし彼の立場だったなら、自分の望む力を手に入れたなら、どのような選択をするでしょうか？


そんな話はさておき。

本作「ヴェノマニア公の狂気」はいわゆる「VOCALOID小説」というジャンル（そんなジャンルが明確にあるのかどうかはわかりませんが）に入るわけですが、今回は前作までのメインキャストだった鏡音リン・レンの出番がほぼ（レンに至ってはまったく）ありませんでした。リン（役名・リンド＝ブルム）に関してはもう少し活躍させる予定だったんですけどねぇ……。話の展開の都合上、原曲に登場していない彼女の出番は削らざるを得ませんでした。まあ彼女たちには次回作で活躍していただくことにしましょう（無事に出せれば、ですが）。

今回も素敵な絵で本書の世界を彩ってくださったイラストレーターの皆様、各工程でご尽力くださった編集、版元の皆様に感謝いたします。

そして、この本を手に取り、読んでいただいた読者の方々にお礼申し上げます。

次の「大罪の世界」でお会いできることを願って。

悪ノP（mothy）

絵師 コメント

鈴ノ助

久々にヴェノマニア公やそれにまつわるキャラクターを描けて楽しかったです。ヴェノマニアは大好きな中世風世界なので張り切って描かせて頂きました。肝心のカバーイラストについてはそれぞれの視線に意味を込めてみました。色々想像を膨らませて見て頂ければ幸いです。

笠井あゆみ

x.com/
Uzu20603216

ピンナップと挿絵を描かせていただきました。ピンナップはヴェノマニアと女装したカーチェスです。ヴェノマニアが刺される前の瞬間を描いてみました。挿絵はいろんなキャラクターを描かせていただき、とても大変でしたが楽しかったです。「悪ノ叙事詩」に続いて参加させていただき、ありがとうございました。

スオウ

PixivID
id=572026

この度はエルルカとアイアール姉妹を描かせていただきまして、とても楽しかったですー。仲直りできたらいいなーって思いながら描いてました。

壱加

掃きだめ
http://blog.livedoor.jp/ichi_ka01/

発刊おめでとうございます。地下ハーレムのイメージということで、色々なタイプの薄着の女性キャラを描かせていただきました。普段あまり描かないテイストのイラストということもあり、とても楽しかったです。足とか胸とか、色気が滲み出ていれば幸いです。今回はお声をかけていただき、ありがとうございました！

憂

PixivID
id=75084

ヴェノマニア公の狂気、発刊おめでとうございます。悪ノシリーズより続けて、大罪シリーズの幕開けである今作品に携われたこと、とても嬉しく思います。クラシカルな鈴ノ助さんデザインのキャラクターも、とても楽しく描かせていただきました。4匹の蝶々と蜘蛛の巣はそれぞれの女性が捉えられている様子を匂わせています。

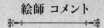

地図

ベルゼニア帝国

エヴィリオス地方の大部分を統治する大帝国。ジュピテイル＝ベルゼニア皇帝が高齢のため、現在は嫡男のヤヌス皇太子が政権を担っている。ヴェノマニア、ルシフェニアをはじめとする各地方は、五つの公爵家「五公」が領主として治めている。

エルフェゴート国

エヴィリオス地方北部に位置する。国土の四分の一を占める広大な森は「エルドの森」と呼ばれ、レヴィン教エルド派の神・地竜エルドがおわす地として神聖な場所とされている。

マーロン国

ボルガニオ大陸西海に浮かぶマーロン島の東半分を統治する国家。先王が早逝した後しばらく王不在の状況が続いていたが、ベルゼニアの第二皇子マルチウスがユフィーナ王女の元に婿入りし、王の座に就いた。

ライオネス国

マーロン島の西半分を統治する国家。王家は代々薔薇の花をこよなく愛しており、領地には見事な薔薇の園が広がっているという。

魔道王国レヴィアンタ

かつて栄華を極めたと言われる国家だが、百年以上前に何らかの原因によって崩壊した。その名の通り、魔道師と呼ばれる人々が暮らしていたと伝わっている。

著者

悪ノP（mothy）

2008年2月に鏡音リン楽曲『10分の恋』でボカロPデビュー。ストーリー性の強い“物語音楽”を得意とし、各楽曲はもちろん、『悪ノ娘』『悪ノ召使』に始まる『悪ノ大罪シリーズ』と呼ばれる楽曲群は、それぞれが繋がりのある壮大な世界観を形成している。2010年8月に処女作となる小説『悪ノ娘 黄のクロアテュール』を執筆。2011年3月には第2弾小説『悪ノ娘 緑のヴィーゲンリート』を執筆。悪ノシリーズの小説は100万部以上の人気を誇っており、彼が描く世界観に魅了されるファンは後を絶たない。

旧版クレジット　企画・編集・デザイン：スタジオ・ハードデラックス株式会社
編集：遠藤圭子　鴨野丈　渡邉千智
デザイン：福井夕利子　鴨野丈　石本遊

悪ノ大罪　ヴェノマニア公の狂気

2025年3月30日　初版発行

著者　悪ノP（mothy）
発行者　岩本 利明
発行所　株式会社復刊ドットコム
〒141-8204　東京都品川区上大崎3-1-1 目黒セントラルスクエア
電話03-6776-7890（代）　https://www.fukkan.com

印刷・製本　株式会社暁印刷

協力　株式会社インターネット
クリプトン・フューチャー・メディア株式会社

出版協力　株式会社PHP研究所

イラスト　鈴ノ助（カバー）／笠井あゆみ（ピンナップ、挿絵）／スオウ（ピンナップ）／壱加（口絵）／憂（口絵）／Kyata（キャラクター仕上げ）

装丁　浅井美穂子（株式会社オフィスアスク）

Printed in Japan　ISBN978-4-8354-5944-8　C0093

※本書は、株式会社PHP研究所から刊行された『悪ノ大罪 ヴェノマニア公の狂気』（2013年1月・刊）を底本とし、新たな装丁・本文レイアウトにて刊行をするものです。